开学第一课

依据国家教育部和中央电视台联合主办的《开学第一课》活动

"我的梦,中国梦"主题拓展原创版

花丛中翩然的精灵

中央电视台《开学第一课》编写组 编

时代文艺出版社

图书在版编目（CIP）数据

花丛中翩然的精灵 ／ 中央电视台《开学第一课》编写组编.—2版.
—长春：时代文艺出版社，2016.1（2023.7重印）
（开学第一课）
ISBN 978-7-5387-4917-5

I. ①花… Ⅱ.①中… Ⅲ.①中国文学—当代文学—作品综合集 Ⅳ. ①I217.1

中国版本图书馆CIP数据核字（2015）第257160号

出 品 人　陈　琛
责任编辑　曾艳纯
装帧设计　孙　利
排版制作　隋淑凤

花丛中翩然的精灵

中央电视台《开学第一课》编写组 编

出版发行／时代文艺出版社
地址／长春市福祉大路5788号 龙腾国际大厦A座15层　邮编／130118
总编办／0431-81629751　发行部／0431-81629755
官方微博／weibo.com／tlapress　天猫旗舰店／sdwycbsgf.tmall.com
印刷／北京市一鑫印务有限公司
开本／710mm×1000mm　1／16　字数／120千字　印张／12
版次／2016年1月第2版　印次／2023年7月第3次印刷 定价／36.00元

《开学第一课》编委会

编委会主任：韩　青　许文广

主　　编：许文广

副主编：卢小波

编　　委：张雪梅　骆幼伟　张　燕　吴继红

　　　　　刘翠玲　柏建华　孙硕夫　高　亮

　　　　　夏野虹　禹　宏　刘雪莲　邓淑杰

　　　　　李天卿　曾艳纯　郜玉乐　孟　婧

《开学第一课》的价值

有人问我，《开学第一课》的价值体现在什么地方？我认为最重要的就是全社会希望并通过我们传递出来的价值观。多元是时代进步的标志，我们尊重不同的声音和价值理念，但是作为教育部和中央电视台联手举办的一项公益活动，我们要传递的是主流的、与时俱进又符合中华文明传统的价值观。

在2008年，我们通过《开学第一课》传递了抗震精神和奥运精神；2009年正值新中国60周年华诞，我们在象征着民族精神的长城，为孩子们播撒下爱的种子；2010年，我们告诉孩子们，一个拥有梦想的民族，一个不断仰望星空的民族，就是拥有未来的民族，人生的每一个阶段都需要梦想的指引、坚持和探索，而每个人的梦想汇集起来就可能成为国家的梦想、民族的梦想。

举办《开学第一课》三年来，我个人也有一个梦想，我梦想这项目光远大、朝气蓬勃的公益活动能够坚持举办十年，让它给这一代孩子的成长提供正面的、积极向上的力量，这就是《开学第一课》的意义所在。

我希望全社会的力量汇集起来，给孩子们一种价值观的教育，中央电视台愿意承担使命，连同教育部把这项公益活动做好。我们也欢迎全社会各界积极参与、支持，从出版、纸媒、网络、志愿行动、慈善事业等各个方面，加入到这个追逐共同梦想、打造恒久价值的公益活动中来。

由此，我亦十分高兴地看到《开学第一课》系列丛书的出版，我相信时代文艺出版社正是基于我们共同的理想，以出版的力量为孩子们的未来创造了更丰富的阅读食粮，为《开学第一课》的精神理念提供了更多样的传递方式。

中央电视台 许文广

目　录

001

第四部分　快乐的小浪花

第五部分　花丛中翩然的精灵

003

第六部分 小橘子的梦想

第七部分 我的日记，我的脚印

第八部分　心灵的"美丽花园"

第一部分

童年的时光隧道

大自然的蝉鸣鸟语，

校园里的歌声书声，

成长历程中的哭声笑声，

亲朋好友的一句安慰、鼓励的话，

还有来自内心深处的呼唤……

它们都在我们身边美好地存在着，伴随着我们的生活。

——李春燕《成长的旋律》

再挤挤……

晓　林

　　记得小时候，早上起床刷牙时，眼看着已经瘪瘪的牙膏壳，不由得撅起了嘴巴。奶奶温和地说："再挤挤吧……"于是，我使劲把牙膏皮向前挤……"瞧，还有好多，你一次还用不完呢！"奶奶笑着在一旁说。

　　上了六年级，作业不知不觉地多了起来。可语文老师还要我们每天练字、看课外书……大家不由得嘀咕起来："这么多作业，哪有时间练字、看书！"冯老师笑着说："雷锋不是有个'钉子精神'吗？再挤挤吧，中午12点到12点20分就作为练字或看书的时间吧！"在老师的辅导下，半学期坚持下来，同学们的字漂亮多了，课外知识也丰富了不少。

　　国庆长假出去玩，乘公共汽车的人很多。到了一站，又上来几个人，最后一个是外地人，背着个大包袱，售票员一见就关上了车门。"再挤挤吧！"我脱口而出。售票员惊愕地望着我——我脸红了，低声说："说不定人家有急事呢！"售票员笑了，打开了车门；大家也不由得又往里挤了挤。那个外地人挤上来了……我轻轻地说了声"谢谢！"一抬头，发现大家都在友好地看着我笑，我也笑了。

　　"再挤挤……"这是最普通不过的一句话，却培养了我节俭、勤奋、友善的好品质。我要永远牢记它！

去 鱼 刺

沈佳燕

今天，我过生日。妈妈为我烧了一桌子的菜，其中有我最爱吃的红烧鱼。看着热气腾腾的红烧鱼，我就口水直流，不管三七二十一，夹起一块就往嘴里塞。妈妈看我狼吞虎咽的样子，忙说："慢点吃，小心卡鱼刺。"话音刚落，突然喉咙就一阵刺痛，真是被妈妈一语言中。

妈妈叫我张大嘴巴，可是鱼刺卡在喉咙深处，看都看不见。我着急地问："爸爸妈妈，怎么办呀？你们快想想办法呀！"

爸爸突然"腾"地从凳子上站起来，快步向厨房走去。不一会儿，他便拎着一瓶醋从厨房出来了。哎，对了，醋能软化鱼骨啊！我怎么没想到呢？虽然我平时从不吃醋，但今天也不得不喝了。

于是，我拿来一只玻璃杯，倒了少许醋，然后一手紧捏住鼻子，一手握住杯子一饮而尽。

"哇！"不喝不知道，一喝吓一跳，原来醋这么酸，酸得我口水都要流出来了。过了一会儿，我试着咽了一小口水，但还是很痛，也许是因为刚才喝的醋太少了，不奏效。只好再喝一些了。

我又往杯子里倒了大半杯子醋。我刚把杯子拿到面前，一股酸味扑鼻而来，我连忙放下杯子，心里打起了矛盾鼓：喝，那股酸味叫我怎么受得了？不喝的话，鱼刺卡在喉咙里，痛都痛死了。哎！这么大个人了，难道连这点小鱼刺都克服不了？想到这里，我鼓起勇气，又一次端起装满醋的杯子，屏住呼吸"咕咚咕咚"地喝了起来，又咽下了一个小饭团。

终于，这顽固的鱼刺抵挡不住我的"攻击"，乖乖地从我的喉咙里离开了。

其实，生活中遇到的困难就跟卡鱼刺一样，并不是有了办法就能克服它，而是要看你是否有勇气去面对和克服它。

第一部分 童年的时光隧道

"熬"粥

高雪莹

我的早餐向来简单：牛奶、果酱、面包。没有什么理由，两个字：方便。一边洗漱，一边热牛奶，洗漱后，牛奶就可食用，快捷简单。

而父母却宁愿很早地起来，辛苦地熬上一锅粥，然后配上小酱菜，一起慢慢品味。

因为担心我的身体，父母也常常劝我一起吃粥，可我总以营养吸收和时间问题来反驳他们。因此每天早上，我依旧享受自己的"快餐"，他们也仍"我行我素"地喝着粥。

日子也就这样一天天地过了下去，十分平静。

可自从生病后，我静躺在床上，不能动弹。迷蒙中，只闻见一阵粥香由远及近，原来是妈妈端着一碗小米粥，走了过来，迷迷糊糊地，我一口一口地咽着母亲自熬的小米粥，安静地入睡了。醒来之后，身上出了好多汗，病也好多了，从那以后，母亲每天起得更早了，她每天都会熬上一大锅粥，还不停地变换着口味，有时拌菜叶，有时是燕麦。我每天咀嚼着口味不同的粥，感觉就像品味着母亲对我无尽的爱。

也许我们真的应该吃粥，粥是中华几千年来的传统美食。牛奶是"煮"，咖啡是"冲"，酒是"调"，只有粥是"熬"，"熬"这个字是不是比"煮"、"冲"、"调"更有力，更凝重？

每天早上，我咀嚼着粥……每天，我品味着爱……时时刻刻，我感受着生活中的幸福。

作文是条变色龙

万 昂

老师说，我写的作文有的单调得很，有的却是文采飞扬。所以，我觉得作文就是条变色龙，让人捉摸不定。

有时，作文对我来说，就像一只自由翱翔的老鹰。那次老师在班上表扬我描写人物栩栩如生，还把我描写同桌的文章读给大家听！当时，我就特别激动，就觉得心里好像有只老鹰，在带着我自由自在地飞翔在蔚蓝的晴空，那感觉爽极了！

有时，作文对我而言，却像一只丑陋的乌鸦。尤其是老师在我的作文本上打了低分，评语上说我"写得过于简单，没有描写人物的心理活动……"的时候，我心里就特别难受。我担心这样的本子，妈妈看了会说我不认真，爸爸瞧见了会批评我没有动脑筋。看着作文本，我就像面对着一只丑陋的乌鸦那样难受，唉，早知道这样，我还不如一开始就好好写呢！

有时，我的作文平淡得像一条波澜不惊的小河流。每次老师布置我们写读后感，我总是不能发现例文中的那些精彩的段落和词语，心里总没有那些让人激动的想法，宛如一群漂亮的鸟儿飞翔在我的天空中，而我却不能发现它们那优美的翅膀一样。唉，世界上真该多些美好的东西，让我好好地领略一番才好啊！唉，也许我就像妈妈说的那样，缺少一双慧眼吧！

有时作文对我而言，精彩得像一场运动会！由于我平时很注意观察周围的事物，所以老师让我们把大自然美好的景色描写下来，我不费吹灰之力就写成了，就像豹子捕捉羚羊一样顺手。每次遇到这样的作文题，我就认认真真地对待，我也总能得到老师的表扬。这时候的作文，就像一朵缤纷的花儿一样盛开在我的心里，美极了！

作文就是这样变化多端，我希望它能像我家里的那只可爱的宠物猫一样，和我永远是好朋友！

005

第一部分 童年的时光隧道

两个真实的故事

王睿卿

这是两个真实的故事，是妈妈讲给我听的。

那时，我家刚搬到县城，妈妈在一家超市当售货员。一天，妈妈正在忙碌着，忽然听到收银台那边传来一个稚嫩的声音："阿姨，这瓶可乐差四毛钱，可以买吗？"妈妈一看，是个六七岁的小男孩。"不行。"收银台的阿姨一口回绝。妈妈说，看着那小孩满脸的失望，她心里不由一动，很想帮帮他，可是她又犹豫了——那小孩的父母可能就在附近，给孩子垫上这四毛钱，也许他家长以为这是在施舍，会不高兴的；再说，那位收银台的阿姨会怎么想。唉，还是少管闲事吧！妈妈刚张开的嘴巴又合上了。

又是一个下午，妈妈和同事杨阿姨当班，一位年过古稀、衣着简朴的老奶奶来买奶粉。杨阿姨十分热情地问："老人家，您是给孙子买奶粉吧！"没想到一听这话，老奶奶却直掉眼泪。妈妈和杨阿姨都莫名其妙，杨阿姨只得连连道歉。老奶奶摆摆手，才断断续续地开口说话。原来她的独生儿子出了车祸，听人说牛奶可以补充营养，就积攒钱给儿子买些奶粉……那老人用枯树皮一般的手从口袋里取出一个破旧的、包得紧紧的手绢，颤抖地打开了，里面全是一元、一角的零钱。妈妈和杨阿姨帮忙数了数，总共十元钱，连一袋像样的奶粉也买不起啊！突然，杨阿姨提高嗓门："奶奶，您可真幸运，您知道吗？我们商场正在做买一送一活动，您的钱呀不仅可以买到两袋奶粉，还能获得两袋赠品呢！"妈妈说，她当时一愣，不知道杨阿姨葫芦里卖的什么药，可当时她看到杨阿姨偷偷拿出钱，牵着老奶奶的手走向收银台时，全明白了。妈妈还说，她的眼前一下子浮现出那个买不到可乐的男孩的沮丧神情。

妈妈把这两个故事都告诉了我。她说她一直不能忘记，也希望我也一直不要忘记。

绿色风墙

陈小秀

狂风呼呼地刮着，满世界浑黄一色，分不清哪里是天哪里是地。顺着风的人被刮得飞奔，而逆风的人前行，身子却往后仰，每行一步都要使出吃奶的劲。

"这该死的风，这世界上还有安静的地方吗？"我抱怨着。

与我同行的李浩说："话不能说得太绝对，我就知道有一个没风的地方，而且是在野外。"

"别吹了，我才不信呢！"

"眼见为实，走，跟我去见识见识。"说完，他拉着我就走。

我们顶着狂风，眯着眼，灰头土脸地走着。走着走着，觉得风没有先前那么大了，抬眼一看，模模糊糊觉得前面有一堵灰墙，原来是它挡住了风沙。啥时有的这堵墙？快到眼前才看清楚，是一道林带。树木密密层层，新叶已经生长。刚才是眼睛骗了我，但李浩没有骗我，在林子前真的感觉不到一丝风，就是进入林子，也是只闻风声而不见风影。我信服了。

李浩笑嘻嘻地问我："怎么样，没风吧？"

我不好意思地岔开话题："这树是什么时候栽上的？我怎么不知道。"

"你怎么忘了？这片林子是三年前栽的，那时我们才上二年级。在老师的带领下，我们来栽树，每人负责一棵，这棵是我栽的，那棵是你栽的。"李浩指着前面的两棵树说。

我凝视着，不住地点头。李浩又说："一个人的力量是有限的，光靠我们栽的两棵树是不可能挡住风的，只有大家一起动手，才能办成大事，就像这林带，发挥集体的力量，都来栽树，风不得不低头。你说是不是这个理？"

我连连点头，说："明年再栽树，别忘叫上我。"

墨 香

周 靖

天上飘着绵绵细雨，一大早，我们全家撑着雨伞急匆匆地赶往书法比赛场地——茶馆。我们到那里时，门还没开，雨还在淅淅沥沥地下着，我的心也跟随着它的节奏"扑通""扑通"地跳着。

"吱呀"一声，门终于开了。不愧是茶楼啊，一进去一股淡淡的茶香便迎面扑来。我们上了楼梯，在楼上焦急地等待着。过了好久，才有人陆陆续续地来了，这时，工作人员也来了，他拿出几张小纸片对我们说："你们上来，每人抽一张纸，纸上的古诗就是要写的内容。"我第一个走了上去，望着那些小纸片竟然有些不知所措了，随手拿了一张就进了赛场。

妈妈的叮咛、爸爸的关照声已经远去了，最紧张的时刻来临了。我摊好了宣纸，手中握着笔微微颤抖。此时，在我眼里纸片上那小小的字仿佛有千斤重啊！我竭力克制自己的紧张，不断地做着深呼吸。熟悉的墨香越来越浓，我终于平静下来了。

"艰苦的奋斗"开始了，我先把难写的几个字揪出来，在纸上练了一会儿，等到书写自如了才写到比赛纸上。奋笔疾书时偶尔一瞥，窗外全是探头探脑、来回走动的家长，他们好像比我们还着急呢！可能是太心急吧，在写完最后一个字后我才发现漏写了一个字。哎，差点前功尽弃呢！幸亏还有一张备用纸。时间紧急，现在我可把它当宝贝了。经过前面的教训，这次落笔我有了经验，一个一个又一个，每一个都专心致志地书写。一口气，把这个墨香四溢的宝贝交了上去。

终于结束了，一个上午的时间我似乎长大了许多，望着门外微笑的妈妈我感到如释重负，感到从来没有过的轻松。回去的路上，我对爸爸妈妈说得不得奖都没关系，因为我有了这特殊的经历已经心满意足了……

人民币上的风景

卓　亮

　　翻开钱币纪念册，第四套、第五套的人民币上的风景名胜映入眼帘，一清点，还真不少呢！瞧，西湖的三潭印月！那貌如西子的西湖中的名胜竟跃到了1元人民币的背面。钱币设计师们好眼力啊，从浙江上百个名胜中挑出了这么个精品！2元钱的背后是什么呢？我费了好大劲才查到，是南天一柱。动人的神话给优美的海南增添了一抹神秘。泰山是五岳之首，它磅礴的气势被誉为中华民族精神文化的缩影。它也被画进了5元的背面，让游客们先睹为快！10元钱的背面是世界之最——珠穆朗玛峰。它是世界上最高的山峰。桂林山水被定格在20元背后。"桂林山水甲天下"，广西这样的风景岂能不入选？位于西藏的布达拉宫是我国著名的文化遗产，它就"坐落"在50元的背后。位于江西的井冈山被画在了100元背后，当年毛泽东、朱德在这建立了第一个革命根据地。这革命的摇篮永远记在人们心里。

　　看完这些人民币后的风景，我不免有些沮丧：这么多的景致，竟没有一处是我们福建的。我要给人民币的设计师提建议：我们福建也有很多名胜啊！比如：武夷山、土楼、三坊七巷、日光岩、鼓山等，可以供你们选择。

　　就说日光岩吧，是鼓浪屿的品牌和灵魂。鼓浪屿的日光岩像是一盏不灭的长明灯，永远照亮海峡对岸的故乡人！那《鼓浪屿之声》犹如阵阵波涛不断拍击着海峡两岸，把两岸人民的心紧紧联系在一起……还有"奇秀甲东南"的武夷山，一线天可真是风景独特，天游峰会让你真正领悟到什么是"鸟语花香，山清水秀"。三坊七巷也是福建的省会福州的一个著名的人文景点。这里"盛产"名人，又是古民居的典型代表，我就生活在这里，天天车来车往，十分的热闹。

　　合上钱币册，我想：什么时候人民币背面才有我们福建的景色呢？

第一部分　童年的时光隧道

看 鸟

钱俊男

不是看（kàn）鸟，而是看（kān）鸟。

乡下的土地总是被大人们种得满满登登的，花生、大豆、谷子、高粱、玉米、地瓜等等，挤得土地喘不过气来。

天气一转凉，作物们就开始"上浆"了。这时节最高兴的不光是大人，鸟们也高兴——可以飞来飞去地吃露天筵席了。于是，人们就让我们这些没啥正经活儿的小孩子看鸟，不让鸟来糟蹋粮食。乡下的鸟很多，但这会儿最讨人嫌的只有"家贼"（学名叫麻雀）一种。"家贼"，顾名思义，这帮家伙很"贼"，整天在南北二屯飞来飞去，找啥？谷子地和高粱地。

爸爸在村南的岗上开了片荒地，种上了谷子和高粱。虽说是荒地，这两样作物却长得"膘肥体壮"，谷子有半尺长，高粱穗子像小笤帚一样。好东西自然会有鸟惦记。临近中午，"家贼"们就一帮一帮地飞来了，转眼间，满天的"逗号"就刷刷地沉到谷子地、高粱地里。于是，垄间就立刻一眼照顾不到，得，这帮家伙非吃个沟满壕平不可。

为对付"家贼"们，我准备了一面锡锣，"家贼"们刚一飞临谷地上空，我就"当当"地敲上一通。"家贼"怕声响，锣一响，就"呼啦啦"地飞走了。但不能大意，隔不了几分钟，它们会东山再起，卷土重来。后来我又在谷子地和高粱地里扎了几个稻草人，插在垄间，狐假虎威地吓唬"家贼"们。这招还真管用。可是几天后，这招就不灵了。一招失败，再换一招。我把过年时放剩下的几个"二踢脚"拿到地头，"家贼"们一来，我就放一个："嗵——吭！"鸟们一下子就吓跑了！可是几天后就"弹尽粮绝"了。那些鸟又"呼啦啦"地飞来了，我们就突然喊一声："嗵"！

"呼"——一层黑云飞上天空!

尽管如此,每年的秋天我家还是要损失很多谷子和高粱的。爸爸倒看得开:"都是小生命,救济点儿也积德!"——可现在,我想积德都积不成了:"家贼"们差不多都绝迹了……

在海边看跳鱼儿

陈小秀

虽说我们是沿海地区的孩子，但对海依然是那样的陌生，那样充满向往。最近，学校组织我们去了一回远在几十里之外的大海，才了却了这童年的梦。

其实我们的梦与其他孩子的梦并没有什么两样，想象的同样是湛蓝的海水，金色的海滩……可是当我们兴致勃勃赶到黄海之滨的时候，美丽的希望消失了，出现在眼前的是混浊的海水与泥泞的烂滩。

泥泞的滩地使人不愿下脚，我只好坐在高地上，眼巴巴地看着同伴们踩着漫过脚脖的烂泥，捉蟛蜞、捡贝壳，或到浅海里蹚水玩。突然，我发现海边泥水塘里有一种奇怪的动物，四处跳着。它们长约三寸，淡褐色，身体前端长着两只脚，没长后腿，却拖着一条长尾巴。这半蛙半鱼的小东西是什么呢？这时我想起鲁迅先生笔下的《少年闰土》来，这不是跳鱼儿吗？我不由自主地背诵起课文来："潮汛要来的时候，就有许多跳鱼儿只是跳，都有青蛙似的两个脚……"我一下来了精神，再也不顾海滩的泥泞了，挽起裤管就下水，伸出双手去捕捉。没想到这小东西挺机灵，扑、扑、扑，急速地向前跳，使我扑了个空。可是我不气馁，我总结了第一次失败的经验，当跳鱼儿又往前跳的时候，来了个提前量，跳鱼儿终于成了我的"俘虏"。

我端详着跳鱼儿那奇形怪状的样儿，想着怎样把它带回家养，我把这个想法告诉了我的朋友明明。明明说："跳鱼儿只适宜在海边生活，你带回去养不活的。""我怎么没想到呢？"我只得极不情愿地把我的"俘虏"放掉。虽然如此，但我仍觉得不虚此行，因为我看到了鲁迅笔下的"跳鱼儿"。

对不起，小树

钱　程

　　一个星期天的上午，我闲着没事干，发现门前面有两棵小树，顿觉得眼前一亮，咦，没有玩伴，小树不正好可以扮一回"玩伴"吗？

　　于是，我兴冲冲地找来一根橡皮筋，把它的两头分别扎在这两棵小树身上。此时，这两棵小树一副愁眉苦脸的样子，好像在说："小朋友，你为什么要把橡皮筋扎在我们身上呀？我们会很难受的。"我这时玩兴正浓，全然不顾小树的哀求，在橡皮筋上欢快地跳起来。跳呀跳呀，不知跳了多久，我累得满头大汗，而那两棵小树原来笔直的身躯也变弯了，上面还被勒出了一道道深深的痕迹。我感觉很不对劲，连忙停了下来。这时，我发现这两棵小树似乎都向我投来责备的目光，它们脸上都挂满了泪珠，哭得很伤心，仿佛在说："你知不知道，你把我们弄疼了、弄伤了？"望着眼前的小树，我一下子没了玩的兴致，感觉酸酸的，真恨不得地上有条地缝能够钻进去。我惭愧地从小树身上解下橡皮筋，心事重重地向家走去，两脚就像灌了铅似的。

　　没过几天，暴风雨来了，我想起了这两棵小树，连忙带了工具去包扎小树。真没想到，经过暴风雨袭击的小树，再也直不起身来了，它们耷拉着脑袋，一副病恹恹的样子。我内疚极了，匆忙帮它们包扎好，心里默默地说："对不起，小树，是因为我贪玩害了你们！"

　　又过了些日子，我去看小树，不禁被眼前的情景惊得目瞪口呆：两棵原本生机勃勃的小树，如今已憔悴地枯萎了。我伤心地哭了："小树啊小树，都是我害了你们。我以后再也不这样了，再也不会伤害你的同类了。"

　　如今，这件事虽然已经过去了，但我仍然无法原谅自己。小树啊小树，让我真诚地再对你说一声："对不起，小树！"

表里不一的花丛

黄圭铭

第一届"魅力宝贝"地方赛区的总决赛表演结束了，我出色的表演赢得了评委们的一致好评，赢得地方赛区的冠军，我的心高兴得快要蹦了出来，便拿着奖杯到处去炫耀！

一天，班主任杨老师领着我来到了校园里的那棵大树下，指着树下的花丛说："你喜欢这一圈花丛吗？"

"喜欢！"

"为什么呢？"

"这些植物的叶子碧绿碧绿的，勤劳的花匠总是把它们修剪得平平整整，把大树围成一圈，很美丽！"

"是啊，真的很美丽，我们用手去摸摸它吧，感觉又怎样？"

我伸出手，轻轻地摸了一下这些花儿，"哎哟，很痛！"我连忙收回手，小心地扒开花丛看，"啊？"我大吃一惊，原来外表被修剪得平平整整的花丛，里面竟然长满了无数的小刺！

014

老师一边帮我包扎伤口，一边语重心长地对我说："对不起，刚才我没有告诉你，这些花儿长有刺儿。因为它们披了一件美丽的外衣，只是我们没有认真去观察，就不能发现它们是表里不一的。当我们放下了对它们的防备之心，结果就被刺伤了。而你，就像花丛中央的那棵大树，只有戒骄戒躁，勇往直前，才能把身边带刺的东西湮没在自己的下面，长成真正的大树啊！"

"老师，我明白了。"我说。

而那金灿灿的奖杯呢？它只能躲在我书房里最不显眼的地方了，只有我偶尔想起的时候，才去偷偷地瞧它一眼。

默词百态"速写"

杨逸凡

你留意过班上同学默词时的情景吗？那可谓千姿百态，五花八门。现挑选其中的几位个性中人，"肖像"速写一番。

发愣型

周鹏默写时最爱发愣。瞧，他默好了一个词就会陷入发愣状态，要么凝神地望着天花板，要么久久地看着窗外，一动不动，好似一尊塑像，不知在想些什么。最不可思议的是，一个词有时老师要报三遍，他才回过神来，匆匆默完，又继续发愣。唉……好一个难以琢磨的周鹏！

乐迷型

我的好朋友李力为可是典型的"乐迷"，就连默词的间隙，都不忘"演奏"一回。看，刚默好一个词，就用两个手指夹住铅笔，有节奏地敲击着桌面。时而慢，时而快，似乎在演奏着一曲别具一格的"默写之歌"。虽然不太动听，却伴随着默词的全过程。瞧他那优哉游哉的模样，一定很陶醉吧！

心急型

谢雨松是个名副其实的"急性子"。老师刚报完一个词，我还没来得及写第一笔呢，他早昂起了头，嘴里还不时嘀咕着："默好了，默好了！下一个，下一个！"他好似在跟谁比赛似的，真不知道忙着要到哪儿去！看他那急不可待的样子，老师总会不厌其烦地提醒他："默好了，举手示意就可以了，别影响其他同学！"可他左耳朵进右耳朵出，不一会儿又听到他的声音。

此外，还有好动型、慢速型、张望型……真称得上默词"众生相"。耳听为虚，眼见为实，欢迎你来我们班，一睹他们的"庐山真面目"！

我爱晨读

李 纯

当我睁开蒙眬的双眼，黑夜悄悄地隐入山谷和石缝，藏到浓密的树叶下，躲进洒满露珠的草丛中。拉开窗帘感受空气的清新，我看见清晨的第一束阳光射进我的屋里。"一日之计在于晨"，赶快起床去校园里开始我最喜欢的晨读吧！

坐在校园的镜亭里，我打开清晨要读的诗歌。随手一翻，我看到的是一个醒目的大标题《在旷野上散步》，于是我大声读了起来"心绪自由无束，所历便都成为风景，且风景都很美丽。天是那么高，地是那么阔，举目四望只有你自己……"读着读着，我眼前仿佛变成了一片到处都是红色的旷野，我自由自在地边走边观赏风景，没有目的地走着，随心所欲地走着，那是多么潇洒多么自由呀！……我望着镜亭对面的操场，不由得有一种想感受一下自由的冲动，我拿起书，来到操场大声朗读，那种快感是一种宣泄，竹林里的鸟儿像是在羡慕我，也高声"诵读"。于是，我们两种不同的语言的朗读汇成一首欢快活泼的曲子……

来到教室，我又拿出《课外美文》和同学们一起晨读，大家绿色的封面如一排排生机盎然的小树林，我们极有穿透力的朗读声让在一旁的老师也看得如痴如醉。此刻，就连空气也受到了感染，变得生机勃勃。

好的开头是成功的一半，我们正是在一个充满活力的早晨里学习、生活！

017

第一部分 童年的时光隧道

测验四部曲

杨晓燕

第一部：期中测验即将来临，同学们有的像热锅上的蚂蚁——临时抱佛脚；有的信心百倍，胸有成竹——坐在位子上悠然自得，看着漫画；还有的争取考好，对付最难的作文，一头钻进作文书堆里……瞧，这位同学，正捧着语文书苦苦地背默记，谁让他以前马虎成性，该背的没背，该记的没记。现在可好，急得在冷飕飕的风中竟滴下了硕大的汗珠。

第二部：期中测验卷发下来了，我一拿到卷子，就奋笔疾书，还好一帆风顺。再看周边同学，那A同学看样子临时抱佛脚没啥成效，现在正在那咬着笔杆，望着白墙，苦思冥想；B同学也已做好，在那仔仔细细地检查；C同学不怎么自觉，试卷随便一塞，然后拨手指甲、画画……

018

第三部：测验完毕，同学们这儿五人一群，那儿三人一堆，急着核对答案。

"完了，我扣了七分，怎么办？"

"耶！我对了，我核对到现在还没错过呢，考试没问题！"

"呀，我又错了，砸了！砸了！"

"真理往往掌握在少数人手中！你们不一定对。"

……

此时的教室里叹气声、喝彩声四起。

第四步：试卷发下来了。大家的脸上"气象"万千。

有的端着卷子目瞪口呆，似乎在想："怎么会这么差？"

有的欣喜若狂："我'优+'！我'优+'！"

还有的愁眉苦脸，嘴里嘟囔着："就错了这题，我根本会做的，唉，本来可以拿100分的！"

尾声：期中测验，牵动着每个人的心呀！

奇怪的信

陈介青

陈介青：

你好！

再不向你诉诉苦，我满肚子的怨气非得爆炸不可。前天早上，你又把背心的前胸穿到后背了吧！裤子的拉链又忘拉上了吧！昨天晚上做家庭作业，又翻了空页，中间空着两张纸吧！唉，你这些"英雄壮举"，我哪里还数得过来？

唉，远的不说，说今天早上的事吧！起床不是要刷牙吗？你拿起牙膏、牙刷。挤牙膏呗、刷牙呗，这能有什么问题？可偏偏问题就来了——"我刷，我刷，我刷刷刷……"你一边刷，一边嘟嘟囔囔地哼着自编的小曲儿。"哎哟，我的牙！"——原来，你又把牙膏挤在了牙刷的反面。

生活上毛毛躁躁，学习上，你一样马马虎虎。同学不是送你一个雅号——"老板"吗？什么"老板"？——"错别字老板"！翻开你的作业本，不管是课堂作业，还是课外作业，不费吹灰之力，就可以找到你的"员工"——"试"的腿上斜插着一把刀（多了一撇），鲜血直淌（老师的红叉）；"除数"的"除"字没了耳朵，人家"余数"吵着要和你打官司，状告它被"侵权"。至于作文本……上次王老师批改你的作文，肚子都快笑破了。明明是"提着垃圾歇了一会儿"，可你却写成"提着垃圾喝了一会儿"。垃圾能"喝"吗？唉……

如果说，那都是些鸡毛蒜皮的小事，这事儿可就闹得大啦！你数学作业有这么一道题目："测量一棵小树的影子长482厘米，这比它的实际高度扩大了2倍，问小树有多高？""$482÷2$"，这算式没错呀，可计算的时候，你却把除号当作了乘号，小树这个倒霉蛋呀，被你硬拽到了964厘米，身子

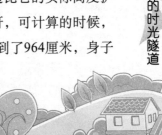

019

第一部分 童年的时光隧道

差点儿就被扯断了。哎哟，这小腰哟，今天都还疼得厉害。

老兄，让你的马虎赶紧"刹车"吧！否则，还会闹出更加惊心动魄的"事件"来。这种提心吊胆的滋味，我可尝够啦！

你苦恼的朋友：影子

让我自己去努力

郑雅今

今年元宵节，爸爸妈妈带我到太原五龙滑雪场滑雪。

来到滑雪场大门口放眼望去，皑皑的雪地上像有无数只彩蝶在翩翩起舞，真是令人心驰神往。走进滑雪场，我们快速地租了两套滑雪用具，迫不及待地进入了滑雪区域。

一切准备就绪，我便战战兢兢地滑了起来。呀！不好！前面是一个陡坡。因为是第一次滑雪，不会刹住滑雪板，身子一歪，摔了个嘴啃泥。妈妈见了，忙从远处飞跑过来扶我，我摇了摇头，笑着说："让我自己去努力！"于是我自己爬起来继续滑。这次我向滑雪场的教练请教了刹住滑雪板的方法，选择了一个较低的坡从上往下滑。我深深地吸了一口气，慢慢地向前移动滑雪杖，成功地滑了下来。正当我得意的时候，滑雪板却因惯性没有停下来，一直向前方的栏杆滑去。"啊……"我不由自主地惊叫着，想用雪杖刹住，但还没来得及刹，我已经冲到栏杆上去了……爸爸见状，他要给我做"示范"，让我休息一会儿，我依然谢绝了。我满怀信心地对爸爸说："请相信我，让我自己去努力！"一次，两次，三次，跌倒了再爬起来，不知反复了多少次，我终于掌握了一些滑雪的技巧，可以随心所欲地滑来滑去，心中别提有多高兴了。爸爸伸出大拇指大声地对我说："你真棒！"我心里比吃了蜜还甜。

滑雪不仅是一项有益于身心健康的运动，而且使我懂得了：无论做什么事，只要勇于拼搏，锲而不舍，胜利就会向我们招手。在我们的日常生活中，有许许多多的事，应该自己去努力。只有亲身经历，大胆尝试，才能收获成功的快乐。

第一部分 童年的时光隧道

成长的旋律

李春燕

大自然的蝉鸣鸟语，

校园里的歌声书声，

成长历程中的哭声笑声，

亲朋好友的一句安慰、鼓励的话，

还有来自内心深处的呼唤……

它们都在我们身边美好地存在着，伴随着我们的生活。

"别贪玩，好好读书，听老师的话……"校园的大门口，仿佛还留着妈妈第一次送我走进这里的身影，还依稀可以听见妈妈的关照。于是，一个懵懂的小女孩用力地点着头，两个羊角辫晃得像拨浪鼓。

"哗哗哗……"食堂的水槽边，水龙头里的自来水依旧欢快地唱着歌。几年前，一个小女孩连洗手都要踮着脚尖，如今，已经能主动去把那些忘记关闭的水龙头关上了。

"沙沙沙，沙沙沙……"绿化带里，一阵微风吹过，树叶儿们不知在说着什么悄悄话。今天的阳光是那么的截然不同，小女孩正握着水管在为花草树木浇水：树叶好绿，绿得发亮了；花儿好美，如同一个个花仙子。

"嗒嗒嗒，嗒嗒嗒……"操场的跑道上，响起了同学们有节奏的跑步声。一步一个脚印，那脚印深深地印在了跑道上，印在了老师和同学们的心上……曾经在体育课上，那个小女孩摔倒了，哭着嚷着要妈妈，是体育老师用有力的臂膀把她抱起。现在，她就在跑道上轻快地向前跑着。

啊，难忘哪，难忘那成长的旋律……

你 和 我

—— 童年的时光隧道

李钟昊

你和我，隔着一条时光隧道；一样的童年，却有不一样的色彩……

——题记

清晨，你早早就起来了，比你起得更早的是五点就起来做饭的妈妈。因为家里烧的是煤炉子，煤烟熏得你妈妈很难受，但她早已习惯了。桌上摆的是老三样——大碴粥、玉米饼和咸菜。你匆匆吃过早饭，就背着姐姐用过的帆布书包，一个人去上学了。你刚出门，就看见了几个小伙伴，于是大家一起结伴走向学校。

三十年后的一个早晨。"啊"，我伸了个懒腰，打了个哈欠，十分不情愿地起了床。一看表，已经六点半了，我赶紧穿好衣服，收拾书包，做好上学之前的准备。到了饭桌前，一看，桌子上已经摆好了妈妈烤的三明治面包和用微波炉热好的牛奶、鸡蛋。享用完美味后，我飞快地穿好外衣，出门去坐小区门口的校车。如果运气不好的话，误了校车，老爸还会开车把我送到学校。

现在，你中午放学了，只见你满脸通红地跑回家，三口两口吃完奶奶做好的饭。你为什么这么着急？原来是要听收音机里刘兰芳讲的评书《岳飞传》。里面的故事你早就在小人书里看过了，但你还是喜欢听刘兰芳绘声绘色地讲述，那是你最快乐的时候了。

现在是我一天最快乐的时光——中午。我刚吃完学校准备的可口的饭

菜，稍作休息后，就和几个同学兴奋地跑到运动场上去踢球。我还是踢往常的前锋位置，进球的一刹那，简直太爽了！当然了，激烈碰撞是不可避免的，好在我们的运动场是塑胶的，即使摔了，也不要紧。每天中午我都是玩得大汗淋漓，不亦乐乎！

下午了。你现在正在教室里听课，把手背在后面，坐得直直的。这让人很不解，再一看，教室里所有的同学都是那样直板板地坐着，听老师讲课时，脸上的神情一点都不像这般年龄的孩子，太严肃了！你们的语文老师正在给你们上美术课。没办法，学校老师少，一个老师通常会教两到三门课。

今天下午，我上了最喜欢的微机课。老师讲了一些要求后，就让我们自由操作了。我上了网，跟我的网友亲热地聊了起来。他叫凯文，美国人，跟我同岁，是我在一个汽车俱乐部网站认识的，我们共同的爱好就是聊汽车。虽然隔了千山万水，可是网络让我们有近在咫尺的感觉！

放学了，还是像上学时一样，你和伙伴们一起走回家。家长们还没有下班，你就和一群孩子在外边跳皮筋、打口袋。一回到家，你还是奔向收音机，因为，你最爱听的儿童节目"小喇叭"时间到了。没有电视、电脑的时代，收音机是你的最爱！

终于放学了，我和几个同学边走边聊就来到了学校门口，我们恋恋不舍地分开，走向早已等在那里的父母们。我们中很多人，还要去一些特长班继续学习，像我，一会儿就要去上我最喜欢的篮球课啦。我兴奋地想：今天比赛时，一定要多灌进去几个篮！

晚上，你躺在床上，还在想着白天的广播，自己续编着明天的故事，比如岳飞会在第几回合里用什么招数打败金兀术，小喇叭节目里播的人鱼公主，最后怎么才能让她喜欢的王子知道她的心事……

兴奋了一天，终于躺在我最喜欢的床上了。我现在还不困，拧亮了台灯，看起了妈妈刚买的小说——《环游地球八十天》。我太佩服凡尔纳了，写得又风趣幽默，又有科技含量。他的科幻小说里的新发明，现在有好多都变成现实了。人类的梦想就是这样变成现实的吧！

现在，谜底可以揭晓了：这个"你"——三十年前的那个女孩，就是我现在的妈妈，当时她跟我现在一样大。一样的童年时光，因为相隔了三十年，却被赋予了那样不同的色彩！妈妈的童年，虽然也不乏快乐，但在那个物质匮乏的年代里，显得那么单调和灰暗，比起妈妈那像黑白片的童年，我的童年更像是彩色的，五颜六色，丰富多样！

我想，当时的那个"你"一定会对今天的"我"说："享受你的快乐童年吧，一定要珍惜啊！"

我会的。

第一部分　童年的时光隧道

童年的小摇车

稽菊丽

每当唱起心中的歌——《童年的小摇车》时，那优美的旋律常会激起我对童年美好的回忆。是啊，童年的梦幻就像天上一朵朵彩色的云，童年的岁月就像心中一首首甜蜜的歌。

下课铃响，刚跨进小学门槛的我，便像小燕子一样飞出教室，在操场上奔跑，在楼梯边追逐，或是静静地蹲在沙坑边寻找那一颗颗彩色的小石头。阳光下，男孩子抱在一起打得正欢，女孩们在角落里哼着儿歌，拉起一条条橡皮筋跳出银铃般的欢声笑语，几乎把树叶都震落下来。童年是那样无忧无虑，天真烂漫；童年是那样五彩缤纷，如诗如画。

不知什么时候开始，童年的时光悄悄逝去了。我长大了，虽然童心未泯，但我必须像一个小大人一样生活。成长带给我莫大的欢乐，也带来了无尽的烦恼。

随着年龄的增长，摆在我面前的便是硝烟弥漫的"战场"。考试、作业，作业、考试，这就是我们的世界。谁有闲工夫在外面玩耍？窗外的阳光白云下，也有一块美丽的草坪，但只是一块空荡荡的草坪。

放学了，终于回到家里。放下沉重的书包，抚着被压扁了的肩膀，多想像童年时那样，听着广播里的故事，坐在地板上，用积木搭起自己的宫殿，梦想着总有一天会有一只可爱的动物住进去。可眼下没时间，宫殿造不成，得先应付一个个"堡垒"。书包咧开大嘴，又吐出一大堆作业。唉，夜晚又得开灯夜读了。

童年虽然美丽，但终究是过去的。随着时光的流逝，我已不再属于那五彩缤纷的童年世界。父母的期望，沉重的学习担子压在我身上，有时竟使我喘不过气来。我一天天长大，一天天成熟，学到了许多新的知识，也懂得了

花丛中翩然的精灵

026

许多人生的真谛。我有时感到苦恼，因为我似乎失去了什么，就如我心中的歌儿所唱的"难忘那小小的摇车，它摇着日月，它摇着晨雾……童年的时光悄悄地流过……如今我走向新的生活"。

雨，轻轻地下

叶莹颖

窗外，雨的帘幕层层地、轻轻地、若隐若现地遮掩了远近的山脉与田野。侧耳倾听，雨，仿佛轻轻地拨动了大地的心弦，谱写成一串串美妙的音符，在周围跳跃，也跳跃在我的心坎里。如此熟悉，可又是那么遥远。为什么？我静静地思索着，再度推开那扇窗，风夹着雨点又扑了进来，猛抬眼，是盈眶的绿，绿得朦胧，也绿得醉人。无垠的天空，灰蒙蒙的，找不到一丝云彩。雨水细细地汇聚，注入我的脑海，激起无数的回忆。我想，我要寻找的不是灿烂的云霞，而是一个美丽而又温馨的雨天……

那是一个宁静的夜晚。我睡在床上，突然肚子疼得如刀绞，我不住地在床上翻滚呻吟，爸爸连忙送我上医院。等我在医院里止住了痛，已经是深夜12点多了，人们大多已经进入了梦乡。偏偏在这时又下起了雨，上哪儿去借雨具啊？爸爸只好脱下他的外套披在我头上，背着我走回家。

雨越下越大，雨点重重地砸在我湿淋淋的衣服上，隐隐作痛，一阵寒风吹来，我不由得颤抖起来……

"要是有把伞该多好啊。"我这样想着。突然身后响起了个脆脆的声音："这样可不行……"我惊诧地回过头，借着昏黄的路灯光，我隐约看见一个梳着辫子的姑娘，她手里正撑着一把伞。

"给你们伞吧！看把这小妹妹淋的……"见我和爸爸愣在那里，她爽快地把伞向前一递。"不，这怎么行？这怎么行？"爸爸不好意思地推辞。"别客气了，当心把孩子淋病了。我家离这儿不远。"不由分说，她便把伞塞到爸爸的手中，跑了。"喂，同志……你住在哪儿？这伞……"爸爸连忙问。"快走吧！"远处传来了她的声音。

爸爸和我撑着这把伞，在风雨中走了很长一段路，湿漉漉的雨滴伴着斜风钻进我的湿衣服里，而我却感觉到一种从未有过的温暖和快乐。

"唉！真不知道这位姐姐现在怎么样了？她是干什么工作的呢？可惜我没有机会感谢她……"我望着眼前的雨帘，遗憾又一次向我袭来。"呀！这么大的雨，怎么回家？"我听到有人在嘀咕。扭头一看，只见一个躲在店门口避雨的人，正焦急地跺着脚。"阿姨，我有伞，我送你一段吧！"我微笑着对阿姨说。"这……这……好吧，谢谢你了！"阿姨跑出来，钻到我伞下，又从我手中接过了伞，然后搂着我向前走去。

　　一刹那，我又有了一种奇妙的感觉：不正是我在那个雨夜所感觉到的快乐和温暖吗？我的心激动起来，我想应该让这把伞永远撑着，在每个有风有雨的日子，送给每个需要伞的人！

第一部分　童年的时光隧道

爱的账单

刘 艳

那是个周末，爸爸妈妈都去参加别人的婚礼了，家中只留下我一个小鬼当家。写完作业，我觉得很无聊，就想找点事做做。嗯！还是做点实事吧。我决定打扫房间，可是先干什么呢？就从拖地做起吧。

于是我拿起拖把，蘸水，拧干。我拖我拖，我认真地拖，要把地板上的那些大脚印、小脚印全部消灭掉。不一会儿，地板拖完了，地上一尘不染，非常干净。接下来的任务就是收拾屋子。我擦、抹、叠、放，还把一些玩具、衣服都收进柜子。好了，大功告成！看着干净、整洁的房间，我的心里别提有多自豪了。

不久，爸爸妈妈回来了。妈妈看到家里这么干净、整洁，高兴地说："孩子真是长大了，会帮妈妈干活了。"可是，光得到口头表扬我并不满意，我还想要一点儿物质奖励，又不知道怎么向妈妈开口。后来，我想出一条妙计，就写了一份账单给妈妈，内容如下：

> 妈妈，今天我帮您做了家务，应该得到适当的报酬。拖地：3元；收拾房间：2元；合计：5元。

写好账单，我把它放在音响上，就走开了。

第二天早上，我在音响上看到5元钱，同时我还发现了另一份账单，内容如下：

> 女儿，我们多年来对你无微不至的照顾：0元；多年来你吃、喝、玩、乐的费用：0元；多年来你的各种学费、培训费：0元。

看到这份账单，我心里非常内疚，连忙拿起5元钱，红着脸跑到妈妈的面前，把钱递给了妈妈。

　　从此以后，我决心经常帮妈妈做家务，但再也不要报酬了。

031

奶奶的白鸽

曹 政

"咕咕咕咕……"我一边用手抚摸着白鸽那身雪白的绒毛，一边凝神谛听着那听似平凡，却韵味无穷的叫声。

这是一只已陪伴奶奶两年的信鸽，记得那是一个明媚的春天，奶奶在我家后院捉到了这只白鸽。这是一只多么俊美的鸽子呀！那圆溜溜的眼睛似黑乌鸦的羽毛一般黝黑透亮，在白鸽的眼神中凝聚着它内心的呼唤。这时的我正在玩弄着它的羽毛。突然，它从我手中挣扎开去，张开双翅，拼命地向天空飞去，但脚上的绳索却夺去了它对自由的向往！当白鸽从它的梦想中醒悟过来时，它又安详地伏在地上，一点儿力气也没有，"咕咕"的叫声似乎也带着一丝丝哀伤的情感，梦想的毁灭让它黯然神伤，它微微地低下了头，"咕咕咕咕……"它平和地叫着，这时我感觉到它似乎正向我倾诉着它的内心的悲伤，虽然我听不懂它在说些什么，但我知道这一切都是它最真挚的情感，一切的一切都如它自身的颜色那样纯洁。我与白鸽对视着，一种莫名的冲动涌上了我的心头，我解开绳索，把这只可怜又可爱的白鸽还给了大自然。

只见它一刻也不停留地向着那蔚蓝的天空飞走了，我一直看着它穿过树木，飞过房屋，看着它是那么的自在，我也笑了。

第二天，白鸽又飞回来了，现在的它看上去是那么的神采飞扬，而因为白鸽的离去有些不舍的奶奶兴奋极了，一直抱着这只白鸽。

黄昏下，老人与鸽子在夕阳的映衬中，是那么和谐，它让我体会到了人与动物之间相依相偎的爱！

枕头里的爱

王琳菲

用奶奶的话说，"这个孩子呀，不是盏省油的灯"。打从妈妈的肚子里出来，我就没有哪一夜能老老实实地睡个安稳觉。就说现在吧，我都上六年级了，可每晚我上床前，奶奶还得严阵以待：先在床边围上一排靠背椅当哨兵，接着，床上左右两边，各堵上一床被子；床头堆上两三个枕头。尽管买了"三层保险"，可第二天早上，往往还是这幅情景：被子、枕头都被我驱逐出"床"，而我的鼻子呢，自然又发生"交通堵塞"。再严重点，就只好到医院里打点滴了。

今年秋天，我经常流鼻血。奶奶带我去看医生。医生说我"内火太旺"，多喝点菊花茶，可以下火。奶奶摇摇头说："菊花茶，她也喝了不少，根本不管事。"医生又建议奶奶给我缝个野菊花枕头试试看。听了这话，奶奶打发我先回家，说她想去转悠转悠。

033

我和爸爸、妈妈中饭都快吃完了，奶奶才气喘吁吁地回了家。她怀里抱着一个鼓鼓的塑料袋，像个凯旋的战士，说："今天，我可算找到了一块风水宝地，荷花路的尽头有片荒地，野菊花多的是。明天，我得准备个大袋子再去摘。"看着她孩子似的得意劲，我鼻子倒有些酸酸的，路这么远，奶奶这胖胖的身子……

接下来的一个星期，奶奶像只蜜蜂，整天围着花儿打转转，摘呀，洗呀，晒呀，收呀……菊花枕头做好了，蓬松松的，还散发着清幽幽的菊香。我拿在手里，掂出了它沉甸甸的分量。还别说，自打睡了这菊花枕头后，我再也没流过一次鼻血。

秋去冬来，奶奶又托乡下的舅爷给我买了几斤上好的棉花，重新缝制了好几个大枕头；春去夏来，奶奶又得满大街给我挑选轻薄、透气的凉枕。季节的车轮转了一圈又一圈，我的枕头也换了一茬又一茬。唯一不变的，是枕头里深深的爱啊！

雨的掌声

胡文婕

　　"啪啪啪——"豆大的雨点倚仗着狂风，肆意地敲打着窗户，显示着它不可一世的力量。我早早地钻进了被窝，沉醉到甜美的梦乡中。突然，"砰"，玻璃摔碎的声音惊醒了我。

　　"唉——"爷爷沉沉地叹了口气。"怎么啦？老毛病又犯了？药瓶也摔碎了？"这是奶奶关切的话语。爷爷的腿是老风湿，一到雨天就犯疼。奶奶心疼地催促："快吃药啊！""就剩最后两颗药丸了。药瓶都摔得粉碎了，还到哪儿去找药呢？哎，老糊涂喽！""不急，楼下的药铺估计还没关门，我下去买。"奶奶说着就要起身。爷爷急忙拦住她，说："黑咕隆咚的，你腿脚又不方便，外面的雨又这么大，还是明天再说吧！""我这老骨头比你强，没事的。"奶奶逞强地说。"不行！"爷爷一口回绝，"万一你也病倒了，孩子们一个都不在身边，谁来烧火、做饭呢？还是我自己慢慢摸着去！"

　　"还是我去买吧！"这句话还没从我嘴里蹦出来，"啪啪啪"，一阵急雨又把它们全打了回去。摸摸暖烘烘的被窝，我暗暗安慰自己："算了，明天赶个大早起来帮爷爷买吧！这么晚了，或许药店已经关门了。"

　　"吱——"也不知是爷爷还是奶奶打开了门。我不能再按兵不动了。"爷爷、奶奶——"我一边穿衣，一边大喊，"我去！""哎哟，你怎么醒啦？"奶奶进房，急忙把我按进被窝，"你要闹出病来耽误了学习，就更麻烦啦！"我"噌"地跳起来，冲奶奶做个鬼脸，说："您看，我这么壮，那点小雨想把我怎么着，简直是蚂蚁坐沙发——弹（谈）都不弹（谈）。"一句俏皮话，把爷爷、奶奶全逗乐了。

　　"啪啪啪——"我买药回来，重新钻进被窝时，窗外又是一阵急雨。听，这是雨的掌声吧，那样欢快、热烈！

怀念幼时的大灶膛

卫程波

同学们，看了我这个题目，你一定感到奇怪：大灶膛有什么可怀念的呢？不明白？你就听我慢慢道来。

我家虽然在农村，可改革开放的政策好，我家都奔小康了。爸爸妈妈盖起了别墅式的大洋房，家里电视机用数码的，房间有空调，出入用轿车……就是最不起眼的厨房里，也都是现代化的设备：电饭煲、液化气、微波炉……

可我就是忘不了幼时的大灶膛。记得读一二年级时，冬天放晚学回家，一到家我就扔了书包，一头钻进厨房里。那时节，正是奶奶做饭的时候，大灶膛里的火熊熊的。我搓着冻僵的手，一屁股坐到了灶膛前——暖烘烘的火舌冲出灶膛，热热地舔着我的脸；火光照得我全身暖烘烘的……那滋味，别提有多舒服了！人们说"良言一句三冬暖"，可依我说应该是"炉火一烤三冬暖"！是呀，如果没有小时候的大灶膛，我怎么会长得这么壮壮实实的呢？

有时，我回家时奶奶已把那一大锅饭做好了，一走进家门，你就能闻到那香喷喷的米饭味，还有那扑鼻而来的菜香……我不由得肚子"咕咕"地叫了起来，口水就禁不住直往下咽。我催着奶奶快开饭，奶奶把那个大锅盖一掀——茫茫的热气立刻充满了整个灶间，厨房里的一切就像笼罩在雾里一样，一股热流立刻涌上了心头：什么风雪，什么寒冷，都被这一阵热气赶跑了！大锅里蒸的饭菜可多了，有清蒸鱼，有干菜肉，有笋片腌菜，有打碎鸡蛋……像变戏法似的端了一碗又一碗，总也端不完……

就着可口的菜肴，热热地吃完一碗饭，那感觉，简直是享受！掀开锅盖再盛上一碗，锅里的饭还是那么热，那么香……三碗饭下肚，头上微微地冒出汗珠来，我满意地打着饱嗝，舒展着暖暖的身子，摊开书包，安安稳稳地

做起作业来……

现在，虽说家里条件好了，但没了大灶膛，没了大锅饭菜，不能不说是个遗憾。吃着电饭煲煮出来的饭，没了那暖暖地弥漫在整个厨房的雾气，感觉上就好像少了些什么——对，是情调！吃着煤气灶做出来的菜，少了些充满屋子的扑鼻而来浓浓的香气，使人减少了食欲——我已很久没有吃过三碗饭了：那些饭菜越吃越冷——自从没了大灶膛，天寒地冻的，吃饭时我的头上再也冒不出汗来……

我也曾向妈妈提议再在厨房里搭上一个灶膛，妈妈为难地看着那光滑的大理石地面……唉，算了吧，就让大灶膛留在我的心中吧！

所以，我还是要说：我怀念幼时的大灶膛！

美丽的秀发啊

刘雨虹

小时候，每当看到别的女孩秀发飘飘，我总是羡慕不已，发誓有一天自己也要蓄出一头秀发。

每天早晨，我总要对着镜子反复梳头，把头发梳得溜光水滑；洗澡时，护发素可没少用；逛街时，总爱买些发卡、头花装扮头发……功夫不负有心人，在班级女生中，我的头发又黑又亮，虽然不很长，也够引人注目的了。

今年夏天的一个下午，太阳火辣辣地烤着大地，我和小伙伴在屋外嬉戏半天，汗流满面，回来洗头时，污垢让一盆清水变成了污水，妈妈见了眉头直皱。

傍晚，妈妈要带我去剪头发，说剪短了凉快，梳头也省事。我哪里肯同意，辛辛苦苦保养了几年的秀发，怎么舍得剪呢？我想讨好妈妈，让她改变主意，便撒娇地说："妈，如果不剪头发的话，我保证从今天起，每天自己梳头，不劳您老人家大驾。"谁知妈妈是铁石心肠，头直摇。没办法，只好软的不行来硬的，我用了一招激将法："如果要我剪头发，你也得剪。"本以为这下妈妈服输了，因为她的头发那么长，绝对不会轻易剪掉的。"好，一言为定！"妈妈的这句话把我吓傻了。君子一言，驷马难追，我只有乖乖地跟妈妈去了理发店。

回到家，妈妈的短发显得格外精神，似乎年轻了好几岁，可我对着镜子左看右瞅，感觉蘑菇一样的发型怎么也不如以前漂亮了。想到刚才剪头的情形，无情的剪刀"咔嚓咔嚓"响着，一绺一绺的黑发飘落在脚下，我的泪珠忍不住一滴一滴落下来。再看看墙上照片里扎小辫的我，心里像打翻了五味瓶，不知道是什么滋味。

第二部分

脑袋里的小问号

　　黄澄澄的梨子，红艳艳的桃子，紫灰色的葡萄，奶油色的提子，灯笼似的苹果，红玛瑙般的山楂……突然，我发现一个奇怪的现象：这些成熟了的果子形状都是球形的，这是为什么?

——刘雨《果子为什么多为球形》

猫"洗澡"的秘密

宋小俊

　　我家养了一只可爱的小花猫，每天我都要和它玩上一阵子。时间长了，我发现了一个奇怪的现象。小花猫在闲着无事的时候，总喜欢在太阳底下，用舌头舔自己身上的毛。我问爸爸："这是怎么回事呀？"爸爸反问道："你说呢？"我又去问妈妈，妈妈说："它一天到晚在脏的地方玩，身上肯定会很脏，大概是在用舌头给自己洗澡吧！"

　　"哦？猫也会'洗澡'？"爸爸哈哈大笑起来。我不解地问："难道妈妈说得不对？"爸爸严肃地对我说："碰到问题，别老是想着问别人，要自己想办法寻找答案！"为了能早日解开这个谜，我每天都注意观察猫。经过一段时间的观察，我还是不明白，这里面到底藏着什么样的秘密呢？我有点失望了。

　　爸爸见我有放弃的想法，就提醒我说："你别光顾着观察，还可以找点书来看看嘛！"是呀，我怎么没有想到呢！星期一的早晨，我一到学校，就来到图书室。费了好大的劲儿，我终于找到了一本《十万个为什么》。我如饥似渴地读起来。嘿！巧了，书上还真有这方面的介绍呢。原来，猫的皮毛里有种物质，经过太阳一晒，就能变成营养丰富的维生素。噢，我明白了，猫用舌头舔毛，并不是在给自己"洗澡"，而是在吃身上的维生素，给自己增加营养呢！

　　只是翻了一下书，就揭开了猫"洗澡"的秘密，这令我非常兴奋。爸爸也过来向我表示祝贺。爸爸意味深长地对我说："对于生活中的一些常见的现象，我们不能想当然，而应该寻根究底地去弄个明白。只有这样，才能少犯错误。"

果子为什么多为球形

刘 雨

　　星期天，我和妈妈来到水果批发市场。市场的水果真多，黄澄澄的梨子，红艳艳的桃子，紫灰色的葡萄，奶油色的提子，灯笼似的苹果，红玛瑙般的山楂……突然，我发现一个奇怪的现象：这些成熟了的果子形状都是球形的，这是为什么？

　　我跑去问正在备课的爸爸，爸爸放下书本，说道："英国著名生物学家达尔文创立了生物进化论学说。自然界的一切生物的进化都遵循'物竞天择，适者生存'的原则，绝大多数的果子之所以呈球形，也是如此。第一，果实成熟后，如果没有人来摘，就会自动脱落下来。球形的果实落地后可以滚动一段距离，有利于种子的传播繁殖。如果果实是方的，那么落地后就不容易滚到远处了。其二，在体积相同的情况下，球形的表面积小，蒸发量也小，水分散发就少，这样有利于果实的生长发育；同时，球形的表面积小，害虫立足的地方也少，这样，果实得病的机会也就相对减少。另外，球形果实在受到风吹雨打时，所受的力较小，雨水不宜附着在果皮上。这样，未成熟的果实不宜离枝。"

　　爸爸的一席话，使我茅塞顿开。原来，果子之所以大多长成球形，是适应自然，长期进化的结果啊！

红"宝石"的奥秘

杨　柳

　　星期天，爸爸领我到了宠物市场，见到了在幼儿园唱歌时唱到的小白兔。只见它一身洁白的毛，长长的耳朵，丫形三瓣的红艳艳的嘴唇，尤其那两颗红宝石一般美丽的眼睛，使它显得格外秀气。看着看着，我突然想起一个问题：小白兔的眼睛为什么是红色的呢？

　　我的同学郑程元的爸爸是生物老师，我忙跑去问他。郑叔叔说："其实小兔子的眼睛并不是红的。黑兔子的眼睛是黑色的，灰兔子的眼睛是灰色的，还有天蓝色、褐色的等等。不同品种的小兔子会有不同颜色的眼睛，是因为它们的身体里含有不同的色素。一般情况下，小兔子眼睛的颜色跟它们皮毛的颜色一样。""可是小白兔的眼睛怎么不是白色的呢？"我不解地问道。"其实，小白兔是不含色素的品种，而它的眼睛实际上也是透明的，我们看到的红色是视网膜上的毛细血管映衬出来的颜色，并非色素所致。"

　　听了郑叔叔的话，我想起来了，暑假里，我在爷爷家见过不同颜色的兔子，它们眼睛的颜色的确各不相同，我还感到奇怪呢，现在我明白了。郑叔叔又说："我们人类眼睛的颜色也与色素有关，棕色人种和黄色人种的眼睛大多是褐色的，而白色人种因为眼色素较少，通常呈浅灰色或淡蓝色。"

　　啊！今天我又学到了一个新的科学知识。大千世界，无奇不有。只要我们处处做个有心人，就会发现许许多多奇妙有趣的知识！

冒烟的树

朱燕珊

你听说过树会冒烟吗？我们可亲眼看见过。那是4月上旬，一个雨过天晴的日子，阳光照在碧绿的树上，非常好看。过了一会儿，透过绿油油的树叶，突然冒出了一股淡蓝色的烟雾，烟雾一面徐徐上升，一面向四处扩散，持续了一分多钟，才在离树冠一尺高的地方消失了。

奇怪，树下并没有人点火，烟是从哪里冒出来的呢？

大家七嘴八舌地议论起来，可谁也说不清楚是怎么回事。下课以后，我们又琢磨起这件事来。我们忽然想起自然常识课里讲过的"水的三态变化"。树上冒烟一定和水的形态变化有关系。那么，水究竟是怎样从树叶中冒出来的呢？我们迫不及待地跑去请教老师。老师让我们用显微镜仔细观察，看到叶面上布满了气孔。这些气孔可奇怪啦！它们是由两个弯弯的月牙儿状的细胞构成的，两个"月牙"脸对脸，中间那个椭圆形的孔，就是气孔。老师告诉我们，气孔是气体进出叶面的通道。当植物体内水分较多的时候，细胞喝得胀鼓鼓的，把气孔开得很大，体内多余的水分就会从这里蒸腾出去。

蒸腾出来的水又是怎么变成蓝色烟雾的呢？原来，水分从叶面蒸腾出来的时候，要吸收叶子的热量，变成水蒸气；叶子的温度降低后，它又要从周围的空气中夺取热量，使空气变冷。这时，刚刚离开叶面的水蒸气，遇冷就会凝结成小水滴，形成雾滴，由于叶面对太阳光的反射，使我们看到了淡蓝色的烟雾。

你看，大自然是多么神奇啊，小小的烟雾里竟包含着那么多的科学道理！

第二部分　脑袋里的小问号

苹果"生锈"了

许文良

上星期天，同桌赵文豪来我家，妈妈削了一个苹果给他吃。当时我们正在写作业，赵文豪没来得及吃，把苹果随手放在了书架上。今天，我拿下来一看，苹果的表面竟像生锈一样，黑黑的，脏兮兮的。我跑去问妈妈，妈妈说水果受伤后放久了就会变黑，至于为什么，她也不清楚。

爱刨根问底的我决心找到问题的答案。正巧，下午第二节阅读课在图书室上，我决心弄明白这个问题。于是，我专门找科技方面的书刊看。功夫不负有心人，终于在《少年百科全书》上找到了答案。

原来，当水果受伤时，它的表面以及内部充当"保护墙"的薄膜就会遭到损伤，时间一长，空气中的氧气便乘虚而入，钻进水果内部，与水果中的一些化合物发生反应，把它们氧化。在一般情况下，化合物被氧化后都呈现棕黑色，所以，水果的受伤部位也就变黑了。

文章还说，水果变黑是因为与氧气发生了化学反应，如果有一种物质能够把氧气吸收掉，那么就会阻止这种反应的发生。科学家反复做实验，发现柠檬汁中含有一种柠檬酸，它有很强的还原性，可以迅速地把氧气"抢"走。所以，如果把削好的水果放在柠檬汁中浸一下，就可以使水果得不到足够的氧气发生化学反应，从而在很长的时间内保持水果的真面目。

这一节阅读课收获真大，我不但明白了受伤的水果放久了会"生锈"的原因，还无意中知道了避免水果"生锈"的秘诀，一举两得。真是受益匪浅啊。

鸡蛋里的字是怎么来的

小 玲

今天是我的生日，妈妈给我煮了十个鸡蛋。我很高兴，把鸡蛋一一分给了来为我过生日的几个好朋友。

小东剥开蛋壳，突然惊叫起来："这鸡蛋里有字！"我们围上去一看，果然蛋白上有几个清晰的小字：生日快乐！大家纷纷把自己手中的鸡蛋也剥开了——都有字！都写着"生日快乐"四个字。大家你看看我，我看看你，眼睛里都写满了问号：这鸡蛋里的字到底是怎么来的呢？

这时，妈妈手里拿着一只盘子，笑盈盈地走来了。大家好奇地看着盘子，只见盘子里放着几个鸡蛋、一支小毛笔和一瓶醋酸。妈妈拿起毛笔蘸上醋酸，小心地在蛋壳上写上"母爱"俩字，然后把鸡蛋放到小锅里加水去煮……蛋煮好后，看上去并没有什么不同，小东迫不及待地去剥起蛋来。看着写有"母爱"俩字的鸡蛋，轻声问："阿姨，这字明明写在外面，怎么会到蛋壳里去的呢？"大家也用企盼的目光看着妈妈。妈妈笑着把原因告诉了我们：原来鸡蛋壳的主要成分是碳酸钙，醋酸的钙性比碳酸钙强。用醋酸在蛋壳上写字时，醋酸渗入到蛋壳内，与蛋清产生了反应，在蛋清上留下了痕迹。当鸡蛋煮熟后，鸡蛋清凝固了，字迹就留下来了。妈妈还告诉我们，"你们家里没有醋酸，家用的白醋也可以实验……"

045

同学们听了高兴极了，都说今天我的生日过得最有意义：不但快乐热闹，还学了有趣的科学知识呢！

母鸡吃了自己的蛋

华子谦

我家的那只老母鸡，下蛋可勤快了。

有一天，我正在聚精会神地做作业，忽然听见"咯咯嘎"的声音，母鸡在欢快地报告呢！我自告奋勇地说："妈妈，我去捡鸡蛋了！"妈妈同意了，我一边走一边自言自语地说："哈哈，我又可以吃到新鲜的鸡蛋喽！"我的口水忍不住流了下来。

我兴冲冲地来到鸡窝旁，意外地发现，老母鸡竟然在吃自己的蛋，我惊得呆若木鸡，我三步并作两步跑到了妈妈身边，气喘吁吁地对妈妈说："不好啦！母鸡吃自己的蛋啦！"妈妈一听气得火冒三丈，说："该死的老母鸡，该挨刀了。""妈妈，千万不要杀它呀。"我恳求道，妈妈这才放了它。

第二天中午，母鸡又报喜了，我赶紧过去检查，只见母鸡仍津津有味地吃蛋，我感到莫名其妙，妈妈说："这一次一定饶不了它。"我说："再等一天吧，我去问问科学老师。"我大步流星地跑到学校，好奇地问老师："为什么鸡要吃自己下的蛋呢？"老师说："母鸡缺少钙时，容易下软蛋或吃自己的蛋。如果平时给它吃惯蛋壳，由于条件反射，它也会吃蛋。所以平时要给它一些小螺蛳等有钙的东西吃。"我豁然开朗。放学后，我飞快地扔下书包，跑到沟渠里，捡起小螺蛳来喂鸡，母鸡欢快地吃了起来。

第三天，母鸡又在报喜了，我飞快地跑去捡蛋，母鸡下了一个圆乎乎的蛋，这次它果然没吃蛋，我一蹦三尺高，立即捡起了蛋，还热着呢！我立即抓了一把螺蛳喂它，它一边吃，一边看着我，好像在感谢我。

"怪蛋"和"神水"

林 俐

盛夏，鸡大妈热得张大了嘴巴，"呼哧呼哧"地喘着粗气。忽然，她觉得肚子有点胀痛，这是"宝贝疙瘩"——蛋娃要出生了。她连忙跑进窝棚里，刚刚蹲下，蛋娃就出来了。她开心地叫了起来。

鸡大妈的朋友——三黄鸡在门外听见了，跑来贺喜。

"怎么软软的？"三黄鸡大吃一惊，蛋娃怎么不是硬的呢？眼前的这个怎么像个鱼泡泡呢？想到这儿，她不禁大喊："怪蛋！怪蛋！"

鸡大妈听见了，回头一看，原来自己生了个软蛋。这只软壳蛋如果被蚊子咬到，就孵不出小鸡啦！鸡大妈一着急，眼眶里涌出了泪花。

"大嫂，别着急，准是你身体不舒服，我帮你请个大夫。"三黄鸡说着，就笃笃地跳走了。

鸡大妈还在发愣，她记得以前已经生过一个软壳蛋。医生说，只要吃点贝壳什么的就行了，怎么还会生软壳蛋呢？

这时，三黄鸡拿着一杯"神水"跑了回来，说："快喝点汽水吧！""汽水？什么汽水呀？"鸡大妈不解地问。"咯，就是碳酸水，把它喝下去，'噢噢'地吐出了'气'，把肚子里的'气'排掉了，那就可以生出健康的蛋娃了。""咯咯，我才不信呢！"鸡大妈直摇头，"吃贝壳也许能有点用，喝汽水有什么用呢？""哎，这可是名医说的，他说你生软壳蛋是因为天气太热，你大嘴喘气，结果使血液里的二氧化碳含量减少，有钙也没法造出足够的碳酸钙呀，这怎能生出硬壳蛋呢？"

鸡大妈听了，觉得有道理，就喝下去了。

第二天，她果然生出了硬壳蛋。鸡大妈感慨地说："这可真管用呀！"

047

第二部分 脑袋里的小问号

奇妙的落叶现象

王 垒

秋天到了，一阵秋风吹过，树上的叶子像蝴蝶似的纷纷从树上飘落下来，给大地铺上了黄色的地毯。一天，我和伙伴游戏时，发现了一个奇妙的现象——地上的落叶几乎全是叶背向上，只有极少数是叶面向上。这种现象引起了我的兴趣，就留心起周围的落叶来。为了弄清其中的原因，我还利用课余时间到别的地方去观察其他树木的落叶情况，并把观察的结果记录下来。

1.同一棵树木在不同时间的落叶情况

树木名称	观察地点	观察时间	落叶情况	
			叶背向上数（片）	叶面向上数（片）
银杏	学校操场	2010.10.25	16	3
银杏	学校操场	2010.10.31	43	7
银杏	学校操场	2010.11.9	21	2

2.同一种树木同一时间在不同地点的落叶情况

树木名称	观察地点	观察时间	落叶情况	
			叶背向上数（片）	叶面向上数（片）
三角枫	学校操场	2010.11.10	34	4
三角枫	菜市场	2010.11.10	59	7
三角枫	农家小院	2010.11.10	27	3

3.同一地点同一时间不同树木的落叶情况

树木名称	观察地点	观察时间	落叶情况	
			叶背向上数（片）	叶面向上数（片）
银杏	学校操场	2010.11.11	32	3
三角枫	学校操场	2010.11.11	21	4

通过以上观察，说明树叶落下时是有规律的：所有树木在任何地方任何时间的落叶都是叶面先着地，叶背朝上。少数落叶在落下的过程中，因为受风力的影响，才出现叶面向上的现象。

为什么落叶会叶背向上呢？我找来一本介绍植物知识的书。原来，树木的叶子都是由细胞组成，靠近叶面的细胞结构紧密，密度大；靠近树叶背面的结构疏松，密度小。由于地球引力的作用，在树叶落地时，密度大的一面（也就是叶面）先着地，叶背就朝上了。

经过这件事，让我明白，生活处处有科学。

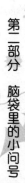

第二部分 脑袋里的小问号

洋葱这个小坏蛋

叶靖强

今天午饭要做我最喜欢吃的菜——洋葱炒鳝鱼。"丁零零"电话铃响了，爸爸忙着去接电话，我来切洋葱。我把洋葱放在砧板中间，接二连三地切了几下，觉得周围充满了辛辣味，渐渐地我眼睛感到辣辣的，一颗颗金豆豆像不听话的孩子往外涌。

我急忙离开厨房。爸爸见了，情不自禁地笑了起来："哦，一定是洋葱这个小坏蛋惹的祸！"但我莫名其妙，问爸爸这究竟是什么原因。

爸爸笑了一下说："你昨天不是买了一套《十万个为什么》？你可以去查查看。"我翻了一本又一本，终于在植物类那本书里找到了答案。"噢，原来是洋葱里的蒜素在捣蛋，把我害得好苦啊！因为洋葱内含有一种挥发油，主要成分是蒜素。这种蒜素平时被洋葱的表皮紧紧地裹着，贮存在葱白里。当你剥开洋葱的表皮，特别是切碎破坏葱白的纤维后，蒜素便由液体变成气体，从葱白里跑出来，向四周扩散。这时只要你站在旁边，蒜素就会钻进你的鼻子里、眼睛中，因为眼睛最灵敏，所以首先会流下眼泪。"

流眼泪的原因是找到了，但怎样切洋葱不流眼泪上面没有方法介绍，我只好还请教爸爸。

这时爸爸为了卖弄自己的学问，一本正经地说："其实要想切洋葱不流眼泪，方法也挺简单的，只要在刀上蘸点水就行了。"

我半信半疑，照着爸爸的方法又切了一次，果然没了原来的辛辣味。咦，这辛辣味又上哪儿去了呢？爸爸早已看透了我的心思，连忙解释："当刀上蘸了水后，洋葱断面的挥发油会溶在水中，就不会变成气体刺激你的眼睛。"

哦！科学真是太神奇了！今天我又学会了一个窍门。

松花蛋里的"松花"

敏　敏

说实话，我最喜欢吃松花蛋了。若要问为什么？一则是因为它好吃，清清凉凉的；另一个原因就是因为它很好看：把松花蛋剥开看看，蛋心是黄绿色的，蛋白呈琥珀色，表面还有斑驳的树叶般的花纹——难怪人们称它们为松花蛋。

小时候我总以为松花蛋是松花鸡下的蛋，妈妈笑我傻。那松花蛋里的"松花"到底是怎么来的呢？在爸爸的推荐下，我就这个疑问咨询了孵坊里专门加工鸭蛋的胡老伯。

胡老伯听了我的问题呵呵笑了："不懂就请教别人，好孩子，有志气！"然后它翻开一只大缸上的遮盖物让我观察：只见缸里都是灰灰的泥，看不见鸭蛋。我忙问："把鸭蛋放进湿泥里，就会做出松花蛋吗？"我指着那一只缸说。"不，不！"老伯笑着说，"没那么简单，这湿泥里面不光是水，还有很多化学物质呢！"于是老伯掰着手指一样一样数给我听，我终于明白了：原来做松花蛋还需要很多物质，有石灰、碳酸钠、碱性化合物等，是它们穿过蛋壳上小小的细孔跑到蛋里，和蛋黄、蛋白发生作用，使蛋黄变成了墨绿色，使蛋白表面形成几何状结晶，看上去才像斑斑点点的松花……

051

谜团揭开了，胡老伯还把已腌制好的松花蛋送了我好几个，我心里真高兴。但我又想：鸭蛋既然能腌制成咸鸭蛋、松花蛋，一定还可以腌制成其他类的腌蛋。我长大后，一定要好好研究，为人们腌制出更多品种、更可口的腌蛋来！

植物过冬有办法

黄炳枝

"呼呼呼"，西北风一个劲儿地吹着。换上了冬装的小松鼠，在树林里跳来跳去，它要去看看植物朋友们在这么冷的天气里是怎样过冬的。

白杨树说："我们杨树和柳树的树皮一样厚。秋凉时我们就往枝条里送去很多糖分，培育出很多冬芽，芽的表面裹着一层层鳞片，像被子似的，冷风吹不透。"

藏在大树下边的七叶一枝花小声地说："我们怕冷，冬天树叶落下来，我总是躲在落叶下过冬的。"薄荷、马兰花争着说："我们也像七叶一枝花一样，在土里过冬。"

白玉兰说："我们在夏天就开始准备过冬了。你看，我们身上长着许多大的花芽，芽鳞表面还披上白白的茸毛，好像穿了件翻羊皮大衣。到了春天，便开放出洁白的大花，然后结出许多种子。"

052

马齿苋、猫尾草说："我们是靠种子掉在地里越冬，春天再萌发新芽。"

老松树说："我生长在高山上，粗皮硬肉，不怕寒冷。到了冬天，叶子里的水分减少，糖分增加。叶表面挂上一层蜡，表皮细胞密密的呈角质化，像穿了件皮茄克。"

飞蓬和猪毛菜说："我们最喜欢冬季旅行，一团团干枯了的植株，随着北风一边跑一边把种子撒到地里。到了春天，我们就会到处生根、发芽、开花、结果，家族越来越兴旺。"

小朋友们，你们还知道哪些植物过冬的办法？请注意观察你们周围的植物，看看它们是怎样过冬的。

"年轮"的学问

王 志

　　星期五下午，我们生物兴趣小组的同学们，由自然老师带领着，到沂河边的小树林里去采集标本。

　　突然，我在一棵刚伐倒的槐树的树墩上清晰地看到许多同心圆环，这是什么？我跑去问老师。

　　老师召集大家来到树墩前面，笑眯眯地对大家说："这是年轮，通过它可以知道树木的年龄。大家看看，其他伐倒的树木的树墩上有没有？"我们各自跑去一看，还真有。"树墩上的年轮是怎样长出来的？"我好奇地问道。

　　"这正是我要告诉大家的。"老师一边打着手势，一边讲道，"每年春季，气候温和，雨量充沛，树木生长较快，形成的细胞体积大、数量多，细胞壁较薄，所以木质疏松，颜色较浅；而在秋季，天气转凉，雨量稀少，树木生长缓慢，形成的细胞体积小、数量少，细胞壁较厚，所以木质紧密，颜色较深，这样一深一浅地交替排列起来就显出年轮来了。因为年轮一年形成一轮，所以根据它的数目，我们就可以了解树的年龄了。不过，生长在四季气候变化不大的地区的树木，年轮一般不那么明显了。"

　　"这棵树长了八年。""这棵长了十二年。"听完老师的话，我们纷纷低下头数起树墩上的年轮来。很快，我又发现一个问题："这个树墩上的年轮第三圈明显宽了些，是不是说明那年的雨水特别大？"老师赞许地点点头，接着说："树木的年轮蕴含着大量的气候、天文和环境等方面的信息，在考古、林业和地质研究方面也有着重要的作用。在历史学方面，可以利用年轮推算某些历史事件发生的具体年代；气象学方面，通过年轮的宽窄了解各年的气候状况；在环境科学方面，年轮可以帮助人们了解污染的历史；在地震研究方面，年轮还可以揭示地震史及周期，从而为地震的预测提供帮助。"

　　老师的一席话，使我们受益匪浅，自然界的万事万物，都有它存在的原因和道理。我们要了解、探究这些知识，更好地为我们的生活服务。

为什么秋冬的早上常有雾

赵文豪

这几天早上都是大雾弥漫，马路上交通拥挤，妈妈骑车送我上学总是堵车，我已经连续好几个早晨迟到了。今天早上，妈妈早早把我叫起床。我推开窗户一看，室外白茫茫的一片，像是薄烟笼罩着万物，对面的楼房，花园的树木都看不见了，又是一场大雾。

"这几天早上为什么总是有雾？"上学的路上，我不解地问妈妈。

妈妈跳下电动车，推着我，边走边给我讲起来："孩子，你观察得挺仔细。秋冬季节的早上，出现大雾的时候特别多。原因得从雾的形成说起：地面热量的散失会使地面温度降下来，同时会影响接近地面的空气，使空气的温度也会降下来。如果接近地面的空气是相当潮湿的，那么当它冷到一定程度时，空气中一部分的水汽就会凝结起来，变成很多小水珠悬浮在近地面的空气层里。如果近地面空气层里的小水滴多了，阻碍了人们的视线，就形成了雾。秋冬季节，由于夜长，而且出现无云风小的机会较多，地面散热迅速，以致使地面温度急剧下降，这样就使近地面空气中的水汽，容易在后半夜到早上达到饱和而凝结成小水珠，形成雾。所以秋冬季节的早上常常有雾。"

妈妈的一席话，解开了我心中的谜团。

脑袋里的小问号

葛　祎

　　朋友，你知道什么叫科学吗？我来举几个大家再熟悉不过的例子吧。比如：为什么一滴水在水中扩散以后再也不会自动聚集起来？远处的钟声，为什么夜晚和清晨听起来比白天更清楚？为什么在夏天下雨时，我们总是先看见闪电，然后才听到雷声？这样的例子很多很多，一下子说也说不完。现在，就请大家一起分享我的小问号吧。

　　我一向爱吃鸡蛋，今天，爸爸特意买了个小锅为我煮鸡蛋。看着可爱的小锅，我忙从冰箱里取出鸡蛋，要爸爸煮。很快，鸡蛋就煮好了。爸爸拿了一个碗，在里面放了些冷水，用勺子舀出鸡蛋放在碗里。过了一会儿，从碗里拿出鸡蛋，并让我把手伸进碗里的水中。很奇怪，为什么刚刚还很冷的水，现在变得温热了？为什么鸡蛋放在冷水中，蛋壳就容易剥掉？

　　爸爸像是看出了我的迷惑，他边比划边解释说："这里包含着很多科学道理。冷水变热，那是因为有热能从温度高的鸡蛋转移到水中的缘故，这就是热能转移，并且，在转移过程中，热量始终是守恒的。这就是著名的能量守恒定律。煮熟的鸡蛋碰到冷水后，蛋壳、蛋白和蛋黄遇冷收缩程度不同，蛋壳就和蛋分开了。这样壳就容易去掉，这就是热胀冷缩的原理。这些科学道理你现在还没有学到。所以，你应该好好学习，多掌握些知识。"

　　原来，简单的煮鸡蛋中，蕴含着丰富而又神奇的科学知识。我一边吃着鸡蛋，一边默默地想着：我一定要好好学习，仔细观察，善于提问，积极思考，掌握更多科学知识。

神奇的"胶水"

朱彦霖

胶水，大家再熟悉不过了，然而今天的作文课上，老师给我们带来了一瓶看不见的"胶水"，也正是这瓶"胶水"，将两本书牢牢地粘在了一起。

李老师首先拿出了两本书，朝我们翻了个透，再抖了抖，然后对我们说："我这有一瓶只有我能看到的胶水。"说着从皮包里装模作样地取出了一样"东西"，同学们瞪大了眼睛，可什么也没看到，大家不知道老师葫芦里卖的什么药。只见老师拿起两本书，一页一页地将书打开交叉在一起，大家惊奇地看着，不一会儿，两本书就夹在一起了。老师还抓着书脊做出使劲拉的样子，然后笑着说："瞧，这胶水还不错，不管你怎么拉也分不开，谁来试一试？"

同学们都争先恐后地举起了手，老师先请两名女同学上场。她俩紧紧地抓着书脊，使出全身的力量还是拉不开。老师说："女同学力气小，我请两名男同学上来。"说着老师请出了两名力气最大的同学，瞧他俩一副神气十足的样子，仿佛胜券在握，可他俩最后拉得面红耳赤也无济于事。

最后，老师看同学们一副副疑惑不解的样子，就说："这神奇的胶水就是摩擦力的力量。摩擦力是一种阻碍物体运动的力，两本书的书页相互交叉在一起，相互接触的面积越多，产生的摩擦力就越大。"同学们听后都恍然大悟。

看来科学无处不在、无时不有，一个个科学奥秘，正等待着我们去发现去研究。

漂浮的硬币

蒋晓晗

一天，我在刷鞋。突然，有一个5分的硬币从我的上衣兜里掉到盆里，沉了下去。我觉得很有意思，就把硬币从水里捞出来，平放在水面上，想让它浮起来，可是刚把硬币平放在水面上，硬币就沉了下去。

这是怎么回事呢？我记得别人把硬币放在清水里就能浮起来，可我的硬币为什么就浮不起来呢？难道说清水浮得起来硬币，肥皂水就浮不起吗？对，还是做一个小实验吧！

我先拿来一个小盆，放满清水，再把一个5分的硬币小心地平放在水面上，硬币就浮起来了。我又怀着激动的心情往盆里滴肥皂水（不滴在硬币上），不一会儿硬币就沉了下去。我又换了一盆清水，往水里放一个5分的硬币，接着往水里滴清水，可硬币却没有沉下去，这是怎么回事呢？我不断地想着，一边想一边打开了一本《少年百科全书》，看看有没有答案。

"找到了，找到了！我找到答案了！"我高兴地叫着。原来硬币能浮在水面上是因为水的表面张力大于硬币重量。而滴入肥皂水后，水的表面张力就减小，所以就托不住硬币了。

通过这个实验，我知道了硬币之所以能够浮在水面上，是因为水的表面张力这个原理。今天的收获真不小啊！

第二部分 脑袋里的小问号

打结的水

李心仪

今天的活动课，方老师教我们做一个小实验，名称是"打结的水"。我一听疑惑极了，只听说过绳能打结，水怎么打结呀？不会是开玩笑吧？我丈二和尚摸不着头脑。方老师似乎看透了我们的心思，说："耳听为虚，眼见为实。下面我们一起验证一下。"全班活跃起来，蜂拥着去水池灌水。

实验开始了，我们准备了三只空纸杯、一杯水、一枚钉子。我们先用钉子在纸杯底部钻出两个距离大约是1厘米的洞，然后我向杯中缓缓地注入水。只见两道水柱笔直地往下流，好像小姑娘的两条长辫。我按照老师的意思用手指把从洞中流出来的水柱轻轻一拧，嘿！两条清澈的水柱立刻卷成了一条麻花辫，更像两个小朋友亲密地抱在一起。真有趣！不过一会儿，它们又极不情愿地散开了。我心想："这两道水柱可真奇怪。一会儿打结一会儿散开，就像小朋友吵架了、和好了，又分开了。"这时我又一次拧了水柱一把，哈哈，奇迹发生了，它们始终拧在一起，直到水漏完为止。成功啦！

为什么会这样？我们更迷惑了，叽叽喳喳地讨论着原因。方老师及时地解开了谜团：水的表面张力是水能打结的关键，因为表面张力使水柱的面积缩小，借手指做桥梁，便能轻而易举地将很近的两道水柱结成一道大水柱。啊！原来如此，我恍然大悟，是水的表面张力在起作用呀！

大千世界，无奇不有。"水能打结"是个小实验，但蕴含着大道理。科学的道路长得很，需要我们去探索。我们只有留心生活，才能有所收获，增长见识。

058

向后"奔跑"的树木

陈庆鹏

星期天，我和爸爸坐车去济南姥姥家。汽车驶上京沪高速公路，车速越来越快，想到马上就要见到姥姥了，我感到格外高兴。突然，我发现车在飞一般的向前行驶，窗外的树木和建筑物却箭一般的向后"奔跑"，这是怎么回事？

我百思不得其解，就问爸爸。爸爸说："任何物体的运动与静止都是相对的。在物理学上，研究物体是否运动和怎样运动的时候，总是要选择一个假定不动的物体作参照物。物体相对于参照物的位置改变了，则说明该物体是运动的；若相对于参照物的位置不变，则说明该物体是静止的。楠楠，爸爸天天骑自行车送你上学，你说，你是运动的还是静止的？"爸爸考起我来。

"当然是运动的了，不运动我能赶到学校吗？"我想也没想，干脆利索地回答。

"不完全正确！"爸爸说，"我送你去学校，途中若以爸爸为参照物，你是静止的，因为你相对于爸爸的位置不变；若以路旁的树木为参照物，你是运动的，因为你相对于树木的位置在改变。"

听了爸爸的话，我低头思考了一会儿，对爸爸说："我知道了，我们现在坐在车厢里往外看，树木和建筑物向后倒退，是因为我们选择了自己当参照物。"爸爸听了，赞许地点点头。

生活中的学问真是多，一个不小心就会让它溜走，细心就会抓住它，以后我一定要多观察身边的事物，学习更多的知识。

059

"召唤"彩虹

莫 笛

好久不见彩虹，它时常出现的夏季早已过去，金秋来到了人间。彩虹已成为我心灵深处那份美丽的记忆，循着记忆的脉络搜寻，找到的只是些模糊的幻影。于是，我决定找回那份美丽。

想做人工彩虹，先得了解它出现的原理。我翻阅大小书籍，发现了这么一条："阳光或其他白色的光是复色光，是由七种颜色的单色光组成的。空气中的小水滴经过两次折射，就发生了散色现象，又分解成七种颜色的单色光了。所以我们看见的虹就有了各种颜色。"原来是这么一回事，我想了想，决定含一口水，对着太阳喷，制造出来的水珠遇见了阳光，也许能出现彩虹。

按捺不住激动的心情，我喝了一大口水，胀得嘴鼓鼓囊囊的像只大猩猩，看到自己滑稽的样子我忍不住笑了，水全喷了出来，只可惜水珠太大，没有成功。第二次，我没有去看镜子里的自己，而径直走到了太阳下，对着刺眼的太阳一喷，随着"扑哧"一声，一群细小的水珠飘向太阳的方向，缓缓地，向着同一个方向飘过去，这时，我惊奇地发现，在水雾聚集处，有一条弯弯的彩条："这不是彩虹吗！"赤橙黄绿青蓝紫，一个都不少！那样朦胧，那样明丽、鲜艳，占据了我整个眼球。突然，彩虹消失了，同那水雾一同不见了。我立即又含了一口水，像上次那样向着太阳喷去，在雾水涌出来的一瞬间，彩虹又在同一地点出现了，它像一座七彩桥，架在水雾之中，增添了一丝神秘感，我多么希望牛郎织女能在这一瞬间"彩桥相会"呀！正在我陶醉的时候，彩虹再一次消失了，如昙花一现，短暂却又令人把这座彩虹桥永远架在了心中……

噢，美丽的彩虹，你是七仙女身上的彩带还是太阳的围巾？总是出现在水雾与阳光下，你真神奇！又见彩虹，不过这次，你是在我的"召唤"下赶来的。

袜子的奥秘

刘明洋

你们一定想不到吧，这小小的袜子能有什么奥秘？我来告诉你们吧。

昨天，我在玩的时候不小心把袜子弄湿了，湿袜子穿在脚上难受极了。一回到家，我迫不及待地想把它脱下来，可那袜子像糊了胶水一样，紧紧地贴在脚上。我费了好大劲儿才把它脱了下来。咦！这袜子怎么这么难脱？以前可不是这样的呀！我左思右想也弄不明白。于是，我便去请教爸爸。爸爸听了，便振振有词地说："大多数袜子是用纤维纺成的线编织成的。这些纤维线干燥时很松软，富有弹性，它们与腿脚的附着力很小，因此，可以非常方便地脱下来……""停，能不能挑要点说呀？"我不耐烦了。"瞧你，这不就说到要点了吗？你真是个急性子。"爸爸接着说道，"袜子打湿以后，吸收了水分的纤维便膨胀起来，使原来松软的纤维绷得紧紧的，失去了弹性，同时，水对皮肤有较大的附着力，它像胶水似的把紧绷的纤维线'粘'在腿脚的皮肤上，这样，袜子就不容易脱下来了。"爸爸给我上了一堂有趣的袜子课。由此，我联想到：刚刚洗完脚，马上穿袜子很难。我问爸爸是不是同样的道理。爸爸笑着说："对，对，你真聪明。"我听了，心里美滋滋的，我终于明白了隐藏在袜子里的奥秘。

从今往后，我一定要注意观察，只有这样，才能解开事物中的深奥的科学道理，对它们有更深刻的了解。

061

蝴蝶与仿生

刘宗锦

夏天，在五彩缤纷的花丛中，捕捉蝴蝶是件有趣的事情。可当蝴蝶钻入花的海洋时，就与花融为一体了。这是怎么回事呢？原来，它穿了一套迷彩服。

五彩的蝴蝶颜色粲然，如重月纹凤蝶、褐脉金斑蝶等，尤其是荧光翼凤蝶，其后翅在阳光下时而金黄，时而翠绿，有时还由紫变蓝。科学家通过对蝴蝶色彩的研究，为军事防御带来了极大的裨益。在二战期间，德军包围了列宁格勒，企图用轰炸机摧毁军事目标和其他防御设施。苏联昆虫学家施万维奇根据当时人们对伪装缺乏认识的情况，提出利用蝴蝶的色彩在花丛中不易被发现的道理，在军事设施上覆盖蝴蝶花纹般的伪装。因此，尽管德军费尽心机，但列宁格勒的军事基地仍安然无恙，为赢得最后的胜利奠定了坚实的基础。根据同样的原理，后来人们还发明了迷彩服，大大减少了战斗中的伤亡。利用蝴蝶身体会变色的原理，对军事起到了关键作用。这就是仿生学。

你可不要小看这小小的仿生学。鲁班，被一根草划破皮肤而发明锯齿，莱特兄弟从鸟身上得来灵感发明了飞机，贝尔通过声音的传递得来灵感发明了电话。雷达是从蝙蝠身上得来的灵感，电脑是仿造人类的大脑而发明出来的。仿生学是人类发展的重要因素。只要我们人类不断地去发现，去探索。不断向生物界学习，相信科学家们一定会有更多的发现与发明。

第三部分

美丽的风景线

好一幅风景画，不知是哪位画家的杰作，美丽极了：小鸟、小虫、蝴蝶、蜜蜂……陆续从巢中出来，啊！你看，小鸟变成了汉字，小虫变成了标点，蝴蝶成为水彩，蜜蜂成为画笔，共同绘出一幅美妙绝伦的图画。想想大自然真是神奇，它先在空白的世界上画出美丽的画面，然后用美妙的诗句来点缀它，最后又分出四季来养育它们。

——刘怿艺《雨后的美》

品味春天

李叔恒

春天像一只活泼可爱的小鸟，从遥远的南国飞来，送来一颗种子，播种了春天。

春雨沙沙地下着，仿佛一层薄薄的轻纱，罩住了春天的一切。我喜欢春雨，喜欢那绵绵细雨。是它润嫩了小草，润绿了杨柳，润开了报春花，告诉我们春天来了。春雨好似一个顽皮的孩子，在空中嘻嘻哈哈地笑着，玩耍着，它们的妈妈怎么不管？有人回答：有谁忍心看着这些顽皮的孩子被管在家里呢？是的，确实没有！因为它也在做着春天里的一份贡献啊！

远处的云慢慢地飘着，好像在欣赏着春天的美丽。云如一块小手帕，遮住了春天的眼睛。又似一位诡秘的魔术师，在天空中，一会儿变成马，一会儿变成车，你瞧，又变成了一只小兔子。它好像听见我在说它，还向我笑呢！

春天怎么能少了燕子呢？真好像谁给它们发了短信息，它们就急急忙忙从南方赶了回来。它们睁大好奇的眼睛，望着四周。好像在说：才过了一个冬天，变化竟然这么大。燕子好像突然想起什么，飞上天空，在天空中跳舞。想不到它们还有这么一手绝活，跳得可真美啊！

雨后的小花更加鲜艳了，红的、蓝的、粉的……数也数不清。它们像无数跳伞兵，在阳光的照耀下，远远地看去还以为是七彩石呢！小草也挺起了腰，好像在等待以后暴风骤雨的考验。

太阳公公当然是必不可少的。当云姐姐飘走后，太阳公公就闪亮登场了。在冬天，太阳公公的脸色一直不好看，可春天一到，立刻绽放出光彩。可能是看见这样美丽的景色而激动了吧！冬天天气太冷，同学们不愿出教室。可现在春天来了，暖和多了，同学们都跑出教室玩了，顿时又为春天增添了许多生机，看来这也是太阳公公为春天做的一份贡献吧！

我真想让小鸟再送来三颗种子，把四季都播种成春天！

谁奏响了春之曲

陈清扬

　　春姑娘迈着轻盈的脚步，越过高山，飞过江河，一刻不停地将春天的足迹撒满整个大地，边走边唱着春之曲。

　　大地听了这神奇的春之曲，万物复苏，草长莺飞，鸟语花香，莺歌燕舞，百花齐放，万紫千红，充满了勃勃生机。

　　快看，那盛开的茶花妹妹听到那美妙的春之曲后，立即把自己打扮得焕然一新，它穿着一件轻盈美丽的红袍，让自己红艳欲滴，艳丽动人。

　　还有一些顽皮的茶花躲在枝叶中，好像在和人们捉迷藏似的。还有的茶花争先恐后地含苞欲放。那些花骨朵好像一个个害羞的小姑娘，生怕没有姐妹们漂亮，所以迟迟不肯露出自己的庐山真面目。

　　这些火红的茶花在春日的照耀下，红得像小朋友那火热的心，充满了热情。茶花在温暖的春风下翩翩起舞，不仔细看还会以为是一只只火红的大蝴蝶落在枝叶中闭目养神呢！

　　桃花公主听到了那美妙的春之曲，立刻换上了一身粉红的衣裳，在树上亭亭玉立，吐香喷艳。

　　春之曲传到了菜园里，唱白了杏花、梨花，唱绿了小草，唱黄了油菜花，油菜花涌起层层金浪，散发着沁人心脾的芬芳，展现着无穷的生命力。

　　阳春三月，春之曲让垂柳憋足了劲儿，让它吸吮着春天的甘露，没几天，垂柳便长出了新叶，在空中给春之曲伴奏，显得十分秀气。

　　啊！我爱春天！我更爱春之曲。

听听那雨声

姜炜熔

"沙沙沙"，雨声把我从梦中惊醒，呀！又下雨了，这雨声静静地敲着每个人的心房，让人身临其境。

清晨，我起床后，看着从天空飘下的小雨。雨丝特别细，就像一根根银针，又像一个个小娃娃跳着不规则的舞蹈。落地时一眨眼就不见了，就像顽皮的小孩和我捉迷藏。雨丝和雪花交织在一起，组成一层层绣着花的薄纱。覆盖在薄纱中的远方的房屋看起来朦朦胧胧的，如同仙境一般。

雨不仅可以看，还可以听。听雨最富有浪漫情调，实实在在的是一种享受。站在门边，默默地听那雨点打在屋顶上、玻璃窗上、水泥地上，叮叮当当，劈劈啪啪，稀里哗啦，响个不停，你的心灵会于无形之中得到净化。那雨，仿佛在窃窃私语，又似在和你悉心交谈。生活原本是一本过于复杂的书，尽管我们用心地去读，仍会有许多解不开的谜，而这比单调的音乐更单调，比和谐的音响更和谐的雨声，则会以其独特的声韵和超然的意境，一声声地道破你的心思，一句一句地掏空你的秘密，一字一字地诠释你的疑惑。听着听着，你会渐渐地感觉到世间所有的一切都离你远去了，你会徒然忘了你是什么，你会发觉自己早已与大自然融为一体了，你会觉得你就是一滴雨、一棵草、一片叶、一撮泥土……

雨还在静静下着，让我们听听吧，那雨……

雨 趣

刘 睿

　　"哗啦啦"……又下雨了，这柔柔的雨像牛毛，似细丝，密密地斜织着，一丝一缕都牵动着我的心扉。

　　爸爸妈妈都上班去了，留我一个人在家写作业，不巧，墨水没了，我便拿着伞出门了。

　　我撑开我的伞，它非常漂亮，粉红色的底，黑色花边，伞上点缀着许多蓝色的小花，花心中镶着金黄的花蕊。一走出楼道，就闻到了那沁人心脾的泥土的芳香。毛毛小雨落在我的伞上，发出轻微的"啪啪"声，我伸出手接了一滴从伞上落下来的雨滴，顿时感到很清凉，可这小雨滴很淘气，还没在我手上落稳脚，就不耐烦了，好像要急着离开。也许是太想赶快投入大地妈妈的怀抱，去见它的好朋友，也许是想去另一个刺激的地方冒险……它调皮地从我手指间穿过，一溜烟，逃得无影无踪了，我一看，它还在我手上留下了滚动的痕迹，也许是作为告别的礼物吧！

　　渐渐地，雨下大了，变成了"哗啦哗啦"的声音，豆粒大的雨水从天而降，打在雨伞上的"啪啪"声、落在我手心里的"嗒嗒"声和落到地上的"滴滴"声，好似一曲轻快而又悦耳的奏鸣曲。雨水在伞上积得越来越多，我转了转伞，水珠飞溅出去，发出清脆的响声，好像一把拴满了铃铛的伞，一转，就发出响声。

　　不知不觉，来到了超市，可今天的路却走了很长，买完了墨水，雨已经小了，我干脆不打伞了，让雨水尽情地落在我的衣服上，让雨水把我也痛痛快快地洗礼了一次，我仿佛变得高兴了，烦恼已经随着雨水流走了，流远了……

　　我尽情地沐浴在雨水中，和路一样，洗了个澡；和小花一样，笑开了颜；和大树一样，伸了个懒腰……

　　我飞奔在回家的路上，聆听着美妙的雨声……

雨后的美

刘悼艺

"空山新雨后，天气晚来秋。明月松间照，清泉石上流。"这就是唐代诗人王维的《山居秋暝》。它描写了雨后景色如画的美丽，美妙极了。傍晚，我也饶有兴致地来到贮水山欣赏雨后的景色。

你看，松树上挂满了小"珍珠"，亮晶晶的，好像松树姑娘的珍珠项链。风一吹松树叶摆啊摆，好像在说："欢迎您呀。"

走在小路上，发现每棵树的变化都很大，棵棵昂首挺胸，像是在等待检阅的士兵。叶子翠绿，个个饱满，新树芽也喝足了甘露，精神十足。突然，前面好一幅风景画，不知是哪位画家的杰作，美丽极了：小鸟、小虫、蝴蝶、蜜蜂……陆续从巢中出来，啊！你看，小鸟变成了汉字，小虫变成了标点，蝴蝶成为水彩，蜜蜂成为画笔，共同绘出一幅美妙绝伦的图画。想想大自然真是神奇，它先在空白的世界上画出美丽的画面，然后用美妙的诗句来点缀它，最后又分出四季来养育它们。

天暗了下来，月亮升起，月光从树缝中射过，斑斑驳驳落在空地上、草坪上还有我的身上，我的耳边仿佛又响起了"清泉石上流"的潺潺的流水声……

原来大自然的美丽到处可见，但眼睛只能看到事物的表面，用心才可以深入的体会，当两者合二为一才是最完美的。你说对吗？

采访秋姑娘

查宏楠

听说《四季报》要招聘小记者，我兴高采烈地来到报社应聘。《四季报》总编给我出的题目是："采访秋姑娘，并整理成文。"我看了以后，信心十足，立刻乘坐五彩云出发了。

我首先来到山间的果园里。放眼望去，呵，真是一派丰收的景象：红通通、沉甸甸的苹果挂满了枝头，好像一个个可爱的胖娃娃正盖着绿绒被酣睡。山楂树上的红山楂远远看去就像绿树上挂满了红灯笼。栗子树上结满了像小刺猬似的栗子，个个饱胀得张开了笑脸。很显然，秋姑娘已经来过，因为这累累果实就是秋姑娘留下来的足迹。

我接着来到了一望无际的田野。田野上，庄稼都成熟了：金黄色的稻子弯着腰，秋风习习吹过，稻田像金色的海洋，翻滚着层层金浪。一排排通红通红而又沉甸甸的高粱，真像小姑娘害羞时涨红了的脸。雪白的棉花地，好像天空中仙女撒下来的白色轻纱覆盖着大地，又好似冬天的一片白雪。小草被染成金黄色，远远望去，像给田野周围铺上了金灿灿的地毯。又是一样，秋姑娘又早了我一步，先走了。

我循着秋姑娘的足迹，立即赶到了四季博览会的现场。只见身穿金色衣裙的秋姑娘正端坐在代表团的中间呢！她屏住呼吸，静静地等待着结果。当评委宣布秋姑娘获奖时，她喜极而泣，仿佛有一种甜蜜的暖流流进她的心田，完全沉浸在欢乐的海洋之中。我采访她成功的经验时，她深情地说："丰硕的成果都应该归功于勤劳的人们啊！"

很快，我把采访的内容发表在《四季报》上，受到了读者们的一致好评。我也终于如愿以偿地当上了《四季报》的小记者。

牵着冬天的手

倪嘉伟

冬天的手，是挺立在松花江畔千树万树梨花开的雾凇？是北国的千里冰封，万里雪飘？是代表傲风斗雪不畏严寒的岁寒三友？是那一个个精妙绝伦的冰雕？还是冬晨窗上的冰凌花？

或者，冬天的手，是孩子发出的一串串银铃般的欢声笑语？是孩子脸上打雪仗后的一滴汗珠？还是寒风中的劳动者那辛勤的背影？

牵着冬天的手，一个人走在大街上，北风呼啸仿佛为我们诉说那一首首关于冬的歌！秦观说："天寒水鸟自相依，十百为群戏落晖。"岑参说："忽如一夜春风来，千树万树梨花开。"袁枚说："吹灯窗更明，月照一天雪。"孟郊说："榆柳萧疏楼阁闲，月明直见嵩山雪。"冬天虽是清冷而皎洁的银装世界，但一定是个浪漫的冬天，诗意的冬天。

牵着冬天的手，早起的老人在晨练，这给冬天勾画了一个充满生命活力的形象，天地之间，他抗寒斗雪，悠然晨练，这给我们也增添了一些活力；牵着冬天的手，在风雪中打雪仗，堆雪人，好不开心；牵着冬天的手，一起探望圣诞老人，与冬爷爷一起去奔跑。冬天就如人一生的磨难，正是有了这些磨难，才塑造出一位又一位伟大的人：爱迪生有聪明智慧，不知经过了多少次失败才发明了灯丝；贝多芬患有耳疾，贝多芬经过多少年克服了它，成了音乐天才；达芬奇不也一次次画蛋，最终成了画坛高手……他们一定经历了冬天冷清才走进富有活力的季节。

牵着冬天的手，去展望未来，迎接新的朝阳。牵着冬天的手，埋下希望，等待明年的发芽成长！

凡尘里最美的花朵

高 桢

雪花是凡尘里开得最高最美的花朵。

她绽放于九天之上，是碧空之仙女，苍穹之公主，宇宙之天使。

一旦雪花飘飘悠悠地洒向大地，轻轻盈盈地飘落，便紧紧地贴着大地，尽情地享受圣洁的母爱。她的飘落不仅是生命的升华，更是包容万物的一种气度。她覆盖山脉和莽原，便有了"山舞银蛇，原驰蜡象"的宏伟大气；她覆盖树木、森林，便有了"千树万树梨花开"的神奇风光；她覆盖田野，便有了"万亩麦田雪中青"的勃勃生机……她于覆盖中随物赋形，形似一切，更神似一切，以个体的最小变化实现整体的最大变化，突出了他物并显示了自己。她静静地以万物之美为美，以人类之喜为喜。

雪花是百花中开得最朴素的。她慕春天之美丽而不弃冬季的荒芜，大自然最朴素的时候，就是她开得最艳的时候。她默默地以自己的朴素装点大自然的美丽，以朴素的极致走向了绚丽迷人的世界，将生命的足迹延伸到了每一个角落。

每一朵雪花都有一颗至纯的童心。她开得不浮不躁，落是悄无声息。她总喜欢随着夜幕降临，在人们的睡梦中让世界改变模样，令大地鹤发童颜，给人以意外的惊喜，唤醒芸芸众生的颗颗童心。

我总觉得，在那一座座积雪千年不化的雪峰之巅，不知有多少雪花见过盘古开天辟地的壮举，见过远古人类走出洞穴和森林的身影，见过炎黄走向华夏文明的足迹，见过秦时明月汉时关，见过我们中华民族的屈辱、坎坷和辉煌……

我喜欢这雪花！

第三部分 美丽的风景线

美丽的风景线

姜玉池

一年四季，岁月如流，百花盛开的春，赤日炎热的夏，黄叶纷飞的秋，冰天雪地的冬。

春，哪里最美？花园最美。花园中开满着的小野花，红的、黄的、白的、紫的、蓝的、粉的……各种颜色应有尽有。月季、牡丹、玫瑰互不相让，争奇斗艳。

夏，哪里最美？池塘最美。池塘内开满着的粉红、洁白的荷花，它们被青绿色的荷叶衬托着，旁边还有几棵莲蓬，在阳光的照耀下，显得亭亭玉立，格外挺拔。

秋，哪里最美？果园最美。果园里挂满着果实，多如繁星。红通通的苹果像一个个红着脸的小姑娘在向我们微笑；黄澄澄的雪梨像一位位身穿金色裙子的小女孩在舞蹈；紫盈盈的葡萄像颗颗小巧玲珑的紫珍珠在藤上嬉戏。

冬，哪里最美？大地最美。大地上铺满着绒白色雪花，如同一块巨大的缀满一片片六角形图案的台布，空中的雪花好似一只只白蝴蝶在翩翩起舞。天地之间，白茫茫一片。

春夏秋冬，四季如同一条美丽的风景线，给大地带来生机，给人间带来温情。

我见到了海上日出

陈小秀

前不久，我学习了老舍先生的名篇《海上日出》，深深被他的细心观察和生动描写所折服，萌生了想亲眼目睹这一自然奇观的念头。好在我的居住地离海边不远，这个愿望实现起来并不困难。

虽说是离海边不远，但也有一段路程。为了看日出，我和爸爸住在海边一个朋友家。第二天起了个大早，匆匆来到海边。可是来得太早，海面上灰蒙蒙的，什么也看不见。我等了一会儿，东方渐渐泛起了鱼肚色，天开始有点亮起来，朦朦胧胧可以看见岸边的景物了，但海面上充满雾气，仍然分不清哪儿是海，哪儿是天。

正在我竭力分辨海天之时，东边出现了一块红晕，这红晕如同淡淡的胭脂，逐渐扩散开来。我知道那里是太阳升起的地方，便满怀喜悦地盼着、望着……

果然，那地方出现了一个小红点，红点慢慢地拉长、变大，成了一把镰刀头，就像是刚从铁匠炉里取出来似的，红艳得很。正看着，镰刀头变成了一片红瓤西瓜。西瓜片越来越大，变成了一只红色灯笼，由于光线穿过大气发生折射现象的缘故，灯笼的下面有一小部分似乎被拉长了，粘连在地平线上，好像是地平线不愿让太阳升高似的。终于粘连的部分被拉开了，太阳摆脱了地平线的桎梏跳脱出来，成了一个扁圆形的红球。

又过了一段时间，太阳由扁变圆，由红变白，挂在半空中，毫不吝惜地把千万条光芒洒向一望无际的大海，海面上泛起一片金光。太阳变得威严起来，我再也不敢用正眼瞧它了。这时，海上也变得繁忙起来，一艘艘渔轮乘风破浪，驶向远方，海鸥翻飞，鱼翔浪底。多么迷人的海上风光啊！

我这次虽没有看到老舍笔下那种绚烂的早霞，但并不感到美中不足，因为我终究看到了海上日出的伟大奇观。

073

第三部分 美丽的风景线

雾天的早晨

黄书妍

我喜欢雾，今天大雾笼罩着大地，所以我五点多就起床了。

我美美地吃了早餐，就下楼，早早地去上学。因为天还黑着，大街上静悄悄的，惟有卖烧饼的店铺灯亮着，不是雪白的日光灯，而橙黄色的电灯光，令人感到无比温馨。这灯光也能照亮一小段路，走过这店铺，就又变成了灰蒙蒙的，使人感到无比的神秘。

在这浓雾天起这么早，我绝不后悔的。走在公路上，周围灰灰的，行人、车辆若有若无。这时，倘若你的心是空虚的，那雾便会像一团柔纱，慢慢地填充你的心，让你充实着；倘若你的心很充实，它便会像一匹锦缎，轻轻地将你的心缠绕起来，令你温暖着。忽然，它摇身一变，成了一位温柔的少女，扯着锦缎最后一根细丝，拨弄着，把你引入一个仙境般的"胜地"。朋友，这时你可不要忘了，雾还在你身边哟，她依然摆动着裙褶，遮盖了大自然的每一个角落。雾能阻挡人们的视线，能遮天盖地，能使太阳发出的光变成微弱的。但是，我发现雾不能阻挡人们的工作，不能阻挡我们学习……你看，那缓缓向前的淡黄色的灯光。你听，那摩托车的"突突"声、自行车的"丁零"声……

我喜欢雾，喜欢它的千变万化。假如它变成少女，我也认得出，因为她异常温柔；假如它成了孩子，我照样认得出，因为它特别调皮……

情侣园，你早

陈伟瀚

7月，正值盛夏，我听说情侣园中的荷花已经盛开，便和妈妈说好一起去情侣园看荷花。

第二天，天还蒙蒙亮着，我便跟着妈妈向情侣园走去。

经过一路的奔波，我们来到情侣园时，已是汗涔涔的，轻风为我们擦拭着汗水，绿叶替我们扇着凉风，树木的清香和花草的幽香扑鼻而来沁人心脾，让你顿时觉得神清气爽，好不惬意。

我们沿着长长的小径向荷塘走去。荷花塘里美极了！可谓"接天莲叶无穷碧，映日荷花别样红"。你看，荷叶宛如一个个碧绿的大圆盘挨挨挤挤，层层叠叠。一颗颗晨露如同圆润透亮的珍珠在碧叶间滚动、跳跃。当清晨的一缕缕阳光洒向荷塘时，荷塘里的荷花更是婀娜多姿，美丽迷人。它们有的亭亭玉立，有的含苞待放。那些已经盛开的荷花里还躺着一个个金色的小娃娃。它们舒舒服服地躺在粉红色的摇篮里，睡得可真香。鱼儿把摇篮轻轻摇晃，蜻蜓把凉风徐徐送去……

哦，多美的情侣园，多美的夏日！

荷塘边，树林里，晨练的人们伴着悠扬的乐曲，打着太极，舒展着筋骨；草地上，人们踏着露珠，抖动着"嗡嗡"作响的空竹；广场上，一只只美丽的风筝上下翻飞，翩翩起舞，人们打着呼哨"砰砰砰"地拉动线绳，风筝越飞越高，线盘"啪啦啦"地飞快旋转着，风筝越飞越远……

哦，多美的情侣园，多美的早晨！

"嗡嗡嗡"、"砰砰砰"、"啪啦啦"交织在一起，演奏出一曲美妙动听的夏日晨曲！

第三部分　美丽的风景线

美丽的小院

严贺婷

　　这是一个不大的小院，当你走进这个小院时，你一定会被这里的景色所陶醉。

　　烈日当头，我背着书包回家，总会从转弯处的那棵大树下走过，这就进了小院，我放慢了脚步。因为每每到了这儿，我即刻会感到舒服和凉爽。那么多的叶子，遮得严严的。

　　现在正是夏天，我看最佳的避暑地就要数这儿了。这儿的舒服与凉快，再加上眼前那丛艳丽的花，会让你为之一震。再往前走出一点，又是一丛花，那浓绿的叶子中还夹着好几朵杜鹃花呢！在阳光的照射下更显精神焕发，闪闪发光，简直就是几块闪亮的水晶，正闪烁着它那诱人的光泽。

　　水池，更是装饰别致呢！你瞧，那周围的栏杆是用蓝色颜料染成。再仔细点，便会瞧见在石阶上，四周分别探出一个龙头，真像池水中的四条蛟龙布阵演练。只见龙口张开，从口中齐喷四股水柱，直射中心。四条龙的龙头喷出的水交聚在一起，形成水花又散开，多壮观呀！一会儿，一池碧水便呈现出来，波光粼粼，很是诱人。

　　池塘的一面没有栏杆，而是一座银色的假山，层层重叠，一层比一层高。每到节日来临，一股清澈的泉水就会从山间石缝中流出，"哗哗哗"地流着……站在山前，感受这一切，内心里会有一种莫名的感动。

　　池边用草、石头围成了一个椭圆。晚上，这个池塘周围真是热闹非凡，大家都来开运动会。说是运动会，可全是一些胖阿姨来跑步做操减肥的呢！

　　看着这么美的小院，我不由得想起设计这小院的人们，是他们让我们的小院如此迷人！让我越来越喜欢它了！

感受美丽的海南岛

杨灵璇

去年，我与父母一起坐飞机来到了海南三亚，去看向往已久的大海。

下了飞机，我们全家人赶紧脱下厚厚的棉衣，换上T恤衫。我仿佛闻到一股海的味道。来海南三亚就是来玩海、吃海。

海边挺拔的椰子树，和煦的阳光和着海边那幽雅的小房子，一些游客悠闲地躺在租来的吊床上睡觉。这种场面，让我回忆起了一首歌——《外婆的澎湖湾》："阳光、沙滩、海浪、仙人掌，还有一位老船长……"

我哼着优美的歌曲，赤脚走在沙滩上，黄得有些发白的沙子并不硌脚，沙子软软的，仿佛一块大丝绸。豪情的大海每当卷起一阵海浪时就把一个个五彩的贝壳送到岸边，我激动地在海滩上捡着，有红色的、银白的、淡紫的……五光十色。形状也是多种多样的，有扇形的，一个个鲜明的纹路往下缠着；有光溜溜的，圆形的，还有螺丝形的。我捡了许多贝壳，决定要把各种各样的贝壳收藏。岸上的大石头也很多，有的如一头神气的小公鸡；有的如泰山一样高大雄伟；有的如海南的五指山一样怪，五个大石头直立起，仿佛人的手指一样。

向远处眺望，东边太阳已升起，它把自己柔和的光芒挥洒在海面，当一圈海浪泛起，海面顿时化做一块被揉皱的巨大的蓝缎子。我躺在沙滩上，任海浪拍打着我的身子，浪花仿佛成了妈妈的手，好舒服呀。望着天边，天连海，海连天，一望无际。海水无穷广大，它拥抱着大大小小的岛屿，白色的浪以澎湃的节奏扑向海边的岩石上。

中午，太阳已变得很毛躁，火辣辣地烤着大地。只有那茂盛的椰子树下是个乘凉的地方。坐在椰子树下，我看见椰子树的叶子很奇怪，是一大片一大片的，叶子两边是锯齿形的，树皮也很怪，都是一层包着一层的。我很佩服这些沙滩上的卫士，它们头顶那炎热的太阳，长出浓密的枝叶，为人们提

供一块可以乘凉的好地方。

海滩上有很多小馆子，馆子的面积不足几平方米，但里面收拾得却很干净，给人一种温暖的感觉。一次，我与父母光顾了一个叫"胡记海鲜鱼庄"的小饭店。我们一进去，服务生立刻礼貌地拿出菜单。爸爸点了很多海鲜，不一会菜就上齐了，有各种说不出名字的鱼类、虾类、贝类，那味道真令人垂涎欲滴。从餐馆出来，我看见了几个卖水果的小摊。摊子上放着新鲜的热带水果。小商贩用海南话吆喝着："卖水果，新鲜的水果。"顾客们激烈地与他们讨价还价。一位七十多岁的老伯伯的水果摊上放满了椰子，每当有人来买时，他就在椰子上敲开一个三角形的孔，把吸管插进椰子里。我和妈妈买了一个看起来最大的椰子，穿完孔后我们俩就喝了起来。椰子汁很好喝，有种奇妙的奶香味。椰肉很甜，已经化渣了。我还品尝了小芒果、火芒果、米蕉，一天下来，我的小肚皮被撑得胀胀的。

晚上，东方出现了鱼肚白，云层下抹上了一层迷人的酒红色。夜晚，柔和的月光下，人们坐在海边乘凉，此时，沙滩上没有了城市的喧闹。

我喜欢这五彩的贝壳，这高大的椰子，这辽阔的大海。我爱着美丽的海南。

黄山云海日出

姜凌艺

"五岳归来不看山，黄山归来不看岳"，单从这句话，就能看出黄山有多美，而云海又是黄山的一绝，云海日出就更美了。

天刚蒙蒙亮，我们站在狮子峰顶上观日出，眼前是一片白茫茫的云海。云海像一块大幕布，遮住了我们探向山下的视线；云海也遮住了远处的山峰，只能看见茫茫的云与天相接，还有远处若隐若现的山的轮廓。那一团团云翻滚着，像大海中一朵朵雪白的浪花；又像软软的、甜甜的、诱人的棉花糖，谁都想从天上拽下一块，好好品尝一番。更妙的是云海上那只石"猴子"，腾云驾雾般地"坐"在云上，也和我们一样等待着日出呢。

太阳像个调皮的孩子，一不小心打翻了墨水瓶，染红了那如棉被的云海。那红越来越亮，越来越红。终于，太阳从云缝中露出了一点点，那一小块涨得通红的脸，他胆子太小了，生怕因弄翻了墨水瓶而遭到妈妈的责骂，不敢一下子探出头来，像小鸡出壳似的，慢慢地露出一点儿，悄悄地观察着妈妈的一举一动。他也许看到妈妈生气了，连忙又抹又擦，想把墨水擦干净，但他越擦越脏，把自己的周围弄得更红了。

他害怕极了，羞红了脸，躲在那里不出来，只露出小半个脸，乖乖地听着妈妈的训斥。谁知，妈妈原谅了他，太阳快活极了，猛地扯破了裹住自己的云，一下子蹿了出来，顿时，大地一片光明。太阳圆圆的脸兴奋得通红通红，出现在人们面前，告诉人们妈妈原谅了他。过了一会儿，他要出去玩了，换下了那红色的睡衣，穿上了金色刺眼的外套，刺得人们睁不开眼睛。他快活地一跳，跃上了天空。

游人如痴如醉，好一会儿才清醒过来，不禁赞叹不已："黄山日出，好美啊！"

079

第三部分 美丽的风景线

漓江画中游

陈茗洲

"群峰倒影山浮水，无水无山不入神"、"江作青罗带，山是碧玉簪"……诗人笔下的漓江总是那么秀美，因而吸引了一批又一批的人们像我一样向往着亲历一回漓江游。

今年暑假，我有幸走进了那些如诗如画的文字意境中，真真切切地感受了一回漓江的风光。

漓江，属珠江水系，发源于桂林北面安县的猫儿山，流往桂林、阳朔、平乐至梧州，汇于西江，全长437公里。她酷似一条青罗带，蜿蜒于万点奇峰之间，沿江风光旖旎，碧水萦回，奇峰倒影，深潭、喷泉、飞流参差，构成一幅绚丽多彩的画卷，人称"百里漓江，百里画廊。"

登上游船，进入整洁干净的船舱，我的心情也舒畅起来。游船的速度很慢，等船过了码头之后，大家纷纷走出船舱，登上甲板，抬头观望，只见山岩像依次腾起的海上惊涛，一浪高过一浪，层层叠起，前呼后拥，陡直地升高上去，升高上去……山岩石壁，直如斧劈斩一样，棱山剪峻峭，仿佛伸手就能触到。

我看得正入神的时候，导游说："话称'鬼斧神工'的九马画山马上就要到了。"我的心情不禁激动起来。当船快靠近画山时，远远望去只见画山仿佛脱离周围的山而凸显出来，细看山壁石纹可依稀辨出群马形象。这些马或立或卧，或仰或俯，或奔腾跳跃，或临江漫饮。整个画山显出一种雄奇峻拔，咄咄逼人的气势。导游告诉我们这里流传着这样的歌谣："看马郎，看马郎，问你神马几多双？看出七匹中榜眼，能看九匹状元郎。"我明白这是告诉我们辨认画山"马"不是易事，但这话正好激起了许多游客的好奇心，大家都翘首以盼。船到此处，我便和大家一样睁大眼睛仔细数起来，看看自己究竟能捉到几匹藏在这座画山里的神马？但不管怎么数也只有六匹马。看来，我们是不能当状元榜眼的喽!

　　船只继续往前行，江水依然清澈迂回，山峰还是奇特苍翠，一幅幅美丽繁荣的图画从我们的身边过。真是"船在江山行，水在画中浮"，我不由得感叹大自然竟能造就如此山水合一的绝佳境界。人的劳动、人的精神的创造，是这样神奇，它像是在人与自然之间，搭起了一座神话中的桥梁，人们通过这桥梁走进这洞口，看清了自然的底蕴，自然的灵魂……

　　旅程实在太短，回程途中，我们已经讨论着换个季节再来游漓江的计划。

081

第三部分　美丽的风景线

长兴岛的海

夏　天

　　我爱长兴岛，更爱长兴岛的海。长兴岛的海虽不像人们描绘的那样美丽、迷人，但却有着原汁原味的自然风貌。

　　早晨，如烟似纱的薄雾笼罩着海面，海风咸咸的，沁人心脾。隔海望去，对岸的山谷在云雾中若隐若现，犹如人间仙境。早晨的海面是比较平静的，只有微小的波纹，海水带着小鱼、贝壳、小海蜇、小螃蟹什么的，一排一排地向我跑来。我也高兴地跑上前去，迎接它们，就像遇见了久违的朋友。忽然间，它们都穿上了金色的锦衣，我不禁抬头一看，太阳正负着重荷从东方冉冉升起……前来观看海上日出的游客络绎不绝地来到海边，指点着、欣赏着、谈论着这美丽的景色。

　　中午，烈日当头，骄阳似火，酷暑难当。此时，海水已不再冰冷，正是游泳的好时候。海面在温暖的阳光的照耀下，波光粼粼，像一望无际、不停抖动着的银色绸缎。近处倒映着青山的倩影；远处有海鸥不时地从高空俯冲下来，贴着水面疾飞；游船驶过，碧蓝的海面上盛开着一行行白色的浪花……

　　下午，正是长兴岛的海水涨潮的时候。此时，只见天际云起，从水天相接的地方，涌来一条条白浪。大海刚才的恬静转眼间消失了，变成一头狂暴的公牛，恶狠狠地冲到我的脚下；它又像一个灰色的怪兽，那一双灰色的大手逞能似的挥舞着，"叭"地打在礁石上，"哗"地落在沙滩上，那疯狂的样子，好像要把世界上的一切都打碎。

　　长兴岛的海，它有着变化莫测的多种性格，在变幻中，向人们展示着不同的魅力与风采。面朝大海欣赏美景，看渔民在深海里打鱼、捞虾、捕蟹，然后再送到岸边……此时，老板娘忙生火架锅，再舀几瓢海水煮了起来……亲朋好友一大群人围坐在锅边，说着笑着吃着，尽情地享受着"原水煮原物"的味道，那才叫神仙般的日子啊。

巴家子之春

聂 尧

朋友，在风和日丽、鸟语花香的春天，当你踏上榆树——五常这条宽阔平坦的公路时，你一定会被路南一处幽静秀美的田园风光所吸引，那就是美丽的巴家子。

巴家子坐落在榆树镇东大约四公里处。远远望去，傲然耸立于河堤大坝上的一棵棵参天大树，枝繁叶茂，郁郁苍苍。那墨绿的浓荫，那隐约闪现于绿屏之中的一间间红墙黄瓦的民房，与蓝天、白云、阳光相互辉映，是那样的壮美、绮丽、富有诗情画意！

当你沿着河堤大坝，穿过一段树影婆娑、群鸟歌舞的林阴小径，走进绿色掩映的深处时，你犹如进入一个与世隔绝的桃花源。只见前面不远处，绿树环抱的大草坪上，芳草青青，宽阔平坦，仿佛湖面一般。清风徐来，荡起层层绿色涟漪。映入眼帘，你将仿佛听到鱼儿吐水时的阵阵"咕噜"声；踏在脚底，你则又会感到走在软绵绵、毛茸茸的绿色地毯上。一群群朝气蓬勃、风华正茂的少男少女，仿佛快乐的小天使在这墨绿的地毯上，尽情地欢歌狂舞、追打嬉戏……

草坪北面，耸立着一个引人入胜的黄土高坡。高坡上佳木林立，苍翠秀拔。那浓浓的绿茵，在春风的吹拂下，一浪推着一浪，逶迤连绵，很像海上的波涛。一些五颜六色的野花点缀其间，更显得生机盎然，情趣幽雅，美不胜收。

草坪南面，是一个美丽的天然湖。湖面虽不十分宽广，但富有引人入胜的魅力。清澈的湖水在阳光的照射下，波光闪闪。它时而像千万条银鱼在游动；时而又像母亲般爱抚岸边的泥土，喃喃唱着催眠曲。一只只游船载着欢歌笑语，穿梭在这温柔而平静的湖面上。每当微风拂送，一些倒垂在湖堤上的翠柳，不时地在水面上泛起层层的涟漪，真是"绿柳垂湖"，堪称一绝。

啊，巴家子的春天，好美、好可爱的春天啊！

净月潭的四季

孙亦男

净月潭是长春的骄傲，也是我们一家最爱去的地方。这里一泓潭水，波光粼粼，万顷林海连绵起伏，一年四季景色各有不同，让人留连忘返。

春天去净月潭，别有一番情趣。市区里虽然已有一番绿意，可春风刮得人直眯眼，吹到身上都是尘土。但是，到了净月潭，却是一派春的快乐，那鲜绿的树、湛蓝的天、柔柔的风、飘动的云、小鸟的鸣叫……都让人心旷神怡，真切地感到：春天真好！

夏季的净月潭，是个避暑的好去处。这里没有城市的噪声，也没有烈日高悬，只有那浓浓的树阴、清凉的微风、湿润清新的空气，让人们尽情享受大自然的沐浴，享受这天然的氧吧，享受这浓郁大森林的馈赠。还有那潭水、沙滩，都让人忘了这是北国。每到这个季节，我们一家人一有空闲，就会去净月潭绕着潭边转一圈，领略美景，呼吸新鲜空气，到潭边嬉水，生活真快乐啊！

秋天是收获的季节，也是净月潭色彩最绚丽、最迷人的时候。整个山色随着气候在变化，由绿变黄，又到淡红，五彩缤纷的山色让人们赞叹陶醉，有"停车坐爱枫林晚，霜叶红于二月花"的诗境。

冬天的净月潭，如诗如画，一派北国风光，是冰雪的童话世界。特别是冰雪运动和娱乐总是让我难以忘怀。一到放寒假，我就盼着去净月潭。爸爸妈妈领着我坐狗拉爬犁、骑冰上自行车，特别是骑雪地摩托车，爸爸在前面开，我在后面搂着爸爸，虽然寒风很刺骨，可摩托车开起来时快时慢，一会儿向左一会儿向右，飘来飘去，像乘风破浪，又惊险又刺激，太好玩了！

我爱这美丽的净月潭。

第四部分

快乐的小浪花

"儿童急走追黄蝶，飞入菜花无处寻"、"童孙未解供耕织，也傍桑阴学种瓜"……这样的诗句总会勾起我无限的遐想。儿时的那一幕幕欢娱的情景便在我的心中激起层层涟漪，既而心潮澎湃。

——曹梦婷《韵》

打肿脸来充胖子

徐佳琛

这个周末，全家早就达成了协议：我和表姐吃牛排大餐，爸妈先去逛街，再来接我们。

三下五除二，两份牛排，两杯冰淇淋就被我俩一扫而光，桌上只剩下一小杯红酒，这是表姐那份"黑胡椒牛排"的赠送品。灯光下，红酒折射出诱人的光泽。我垂涎三尺，情不自禁地舔了舔嘴。表姐笑了，说："老弟，这可不是草莓汁哟，是——红——酒！还是送给你老爸喝吧！他是个大男人！"

"我不是大男人吗？"我霍地一下站起来。"你？"表姐不屑地撇撇嘴，"小毛头居然还想装大男人吗？"看她那夸张的表情，我气不打一处来。哼，别门缝里瞧人，看扁了我！今天，就让你见识一下我"男子汉大丈夫"的光辉形象！我毫不犹豫端起高脚杯，咕咚一口。哇，好辣！红酒兵分两路，一路往下，从喉咙一直烧到了胃里；一路往上，窜到眼睛里。眼泪拼命想往外挤，舌头也想溜出来吸口凉气，那怎么行？我咽咽口水，挤挤眼睛，硬忍住了，嘴里还连连直叫："好酒！好酒！"表姐不做声，似笑非笑地望着我。怎么，还不服气？干脆一仰脖子，喝了个精光。把空酒杯对着表姐一亮，我牛气冲天地说："你看好啦，我也是个大——男——人！"

赚足了"大男人"的面子，我才坐下来。谁知红酒一点不给面子，一滴滴酒变成一匹匹脱缰的野马，在脑子里东跑西窜。也不知过了多久，我耳边响起一声炸雷："大男人，快醒醒，要回家啦！"我迷迷糊糊地睁开眼睛，啊，自己竟歪在沙发上睡着了。"红酒怎么会醉倒一个大男人呢？"爸爸的话，又惹来一阵笑声。

唉，本想打肿脸来充胖子，可我这"脸"也打肿了，"胖子"也没充成，倒被人白白笑话了一番！

屁股上的"艺术品"

吴芃

耶！讨厌的雨终于过去了。雨过天晴多美好，趁着周末，我便邀了几个同学去公园玩。

一涌入公园，我们一会儿跳跳这儿的蹦蹦床，一会儿玩玩那儿的跷跷板，真是快活！突然，我发现了滑梯，心想：好久没跟这东西零距离接触了，得好好玩上一把。想罢，我冲过去，疾速登上台阶，到顶，看也没多看，便"嗖"的一声，一下子从上溜到了底儿。

站起来时，忽听伙伴们一声惊叫，我不以为然地扭过头想，"去，胆小鬼们，一定是看到毛毛虫了，我才没那么胆小呢"，便毫不在意地继续玩。谁知，身后伙伴们的笑声更响了，如海浪一阵阵地传来。我回头再一望，有的捧腹大笑，有的笑得合不拢嘴，有的狂笑得差点摔成"狗啃泥"，连刚才入迷玩耍的小伙伴也扭过头来，乐呵呵地向我行注目礼。我意识到自己身上可能有什么东西不对劲，便仔细打量打量，可也没什么发现呀！真不明白他们的葫芦里卖的是什么药！

我想了半天，还是摸不着头脑。这到底怎么了？为什么连来往的行人也都指指点点的，有的捂着嘴，双眼眯成了一条缝；有的指着我的裤子哈哈大笑，连腰也笑弯了；有的揉着肚子，指指点点地叫上同伴一同来"欣赏"。我好不明白，难道我是稀罕的艺术品不成？或是我的屁股上有什么精美的艺术品不成？不管它了，还是先进厕所避避风头再说。

一进厕所，我就来了个三百六十度大检查。呀！原来是我的裤子，这……这屁股上怎么会脏了这么一大片呢？我简直不敢相信自己的眼睛。仔细看看，这让人嘲笑的"艺术品"像牛、像马、像兔子……可又什么都不像。难怪他们笑得腰都快断了。这会儿，我真想找个地洞爬回家。

过了好久，我终于鼓起勇气，冲出厕所，风一样快速地跑回家。

壁虎与我零距离

孙 雯

也许因为感冒了，只觉得头晕晕的，眼皮直打架。我拖着疲惫不堪的身体，一到家便迫不及待地躺到我温馨的小床上。啊，好舒服！不一会儿眼前便朦胧起来……

呵呵！谁在我的腿上挠痒痒？是在做梦？不，不是梦！我清晰地感到有一种异样的东西在我的腿边蠕动着，我努力睁大惺忪的睡眼，轻轻地掀开盖在身上的薄毯，啊！壁虎！没错，我最害怕的壁虎！只见它瞪着圆溜溜的眼睛正悠然自得地躲在我的被窝里！我倒吸一口凉气，汗毛根根直立。"啊——"我几乎歇斯底里，使劲甩开薄毯，从床上飞似的"逃"了下来，连鞋子也顾不上穿。"怎么？"外面传来妈妈的声音。"壁——壁虎！快——快来"我的血液飞速地流动着，心脏如战鼓"咚咚"地擂着，只觉呼吸急促，原先的睡意全无。

再瞧一瞧那可怕的家伙，也许是被我的尖叫给吓着了，此时已神速地爬到了墙壁上，眨眼间便不知去向，真如一位武艺高强的侠士，来无影去无踪。而我呢，则杵在那儿一动都不敢动。

"壁虎，壁虎在哪儿？"我的"马后炮"妈妈这才匆匆赶到。"跑——跑了！"我指着墙角支支吾吾地说道。"壁虎有什么好怕的！回床上再睡会儿。"妈妈不但没有安慰我，反倒说得如此轻巧。

一朝被蛇咬十年怕井绳。望望那凌乱的床铺，我是心有余悸。这回我上床之前，胆战心惊地将床上和薄毯仔仔细细地来了个"地毯式"搜查，确定没有不速之客后，才吁了口气，放心睡到床上。

一分钟、五分钟、十分钟……我怎么也睡不着，刚才的惊险一幕老是不停地在我脑海中闪现着。抬头看看四周的墙壁，生怕那位来去无形的"侠士"再次"光临"，到那时，可就真的惨了！

唉，壁虎大哥，求求你别再吓唬人了，真的拜托了！

我的发型成长史

范祥福

春天，万物复苏。当我光着脑袋在雨中沐浴了几回后，我的头发也如春笋般茁壮成长。可惜好景不长，今天老爸回来了！一看见我这一头乱草般的头发，参差不齐地全往后脑勺长，很是不满，亲自动手剪掉了我一头秀发。可是老爸的理发技术很烂，我回到学校，老师说我的头就像月球一样……看着镜子里面长短不一坑坑洼洼的脑袋，我决心一定要改个酷酷的发型。

夏天逼近了，街上流行中分，于是我很辛苦地在夏天留起齐刷刷的头发，一丝不苟地把头发平均分到两边，睡觉的时候特别小心，一动不动战战兢兢地睡觉。可惜晚上睡觉不老实，头发们不守规矩地冲过了三八线，并打得不可开交。第二天早上，我必定要花半个小时，用掉半瓶喷发水，才能以优美的发型示人。

秋风有情，当我缓缓地行走在大街上时，一阵及时的风吹过，带动我的头发飞扬、飞扬。瞧，这引来了99%的回头率呢！突然，一只强有力的手拧住了我的耳朵，"臭小子，把头发留成女孩子的头发那么长，臭什么美？跟我回去剪发！"是老爸！就他那技术？我晕！

这一次，为了彻底改造我的思想，从头做起，我的头发被老爸剃了个精光。幸好已是冬天了，一顶帽子为我遮去无数尴尬。值得一乐的是，光头也有好处，夜晚我一脱帽子，从不用电筒照明。这天晚上，觉得头皮发痒，一摸，毛茸茸的头发又破"皮"而出了！哈哈，待到春回大地时，我的头上又是一片春光灿烂啦！

089

第四部分 快乐的小浪花

潇洒雨中行

蔡 琦

在大雨中行进，让风雨任意地吹打，这是我暑假中经历的事，现在想起来，仍然感受到：真是太有趣啦！

7月的一个晚上，天气格外闷热。我和妈妈爸爸，还有那可爱的家伙——小黄狗，一起从奶奶家回来。半路上，忽然呼呼地刮起风来，随之而来的是哗哗的大雨。怎么办呢？我们没有带伞，只好先跑到一家商店门前的檐下躲雨。可是雨越下越大，丝毫没有停的意思，可怜的小狗，这时一动不动站在我的脚边，时不时抬头眼巴巴地望着我，似乎在问："就这么待下去吗？"

这时，爸爸说："今天我们全家冒雨前进，在大雨中痛痛快快洗个澡。天这么热，经过风雨的吹打会更健康，再说，雨打在身上还能美肤呢！"话音刚落，爸爸就第一个冲出去，张开双臂大叫"痛快"。我和妈妈也随即跟上去，哗哗的雨点毫无顾忌地打在身上，痒痒的痛痛的。一开始我觉得有点难受，不一会儿，浑身有种说不出来的舒畅，这是从未体验过的感受。一直不知所措的小狗也不顾一切冲出来，在雨中来来回回地蹦着，并且跟着汽车飞奔，好几位司机叔叔为此被迫减速。

前面马路边的一块低洼处积满了水，我看见后立即跑过去，用脚使劲地跺着，只见水花向四处飞溅。这时小狗站在我的后面，汪汪乱叫，我大脑一发热，居然跟着它一起叫，让爸爸妈妈大开了一次"眼界"。

雨还在尽情地下着，我们的衣服早已湿透，紧紧地裹在身上。一阵风吹过，我用双手用力抹了抹脸颊，呀！真是舒服极了。还是爸爸说得对：经过风雨的吹打，身体会更健康，意志也更加坚强。

拥抱郑渊洁

黄佳秦

　　我的书房正中有一张放大了的照片，那是我与童话作家郑渊洁拥抱在一起的合照，那次拥抱令我终生难忘！

　　那是一个星期四的下午，在海门大剧院的后台，我的心脏承受着有史以来最为剧烈的跳动。因为再过几分钟，我就可以和令我魂牵梦萦的作家郑渊洁见面了。忽然台下传来一阵惊叫声，我更加紧张了，心"扑通"、"扑通"地跳得厉害，仿佛要跳出胸腔一般。但我还是装出镇定自如的样子，脸上尽力挤出几分自然的笑容，把已经背得滚瓜烂熟的见面语又背了几遍。然后深吸一口气，稳步自如地走向舞台。

　　尽管已万事俱备，但真的见到了郑叔叔，我还是紧张极了，心里真像有十五个吊桶——七上八下。我甚至都有些瞠目结舌，差点把想好的话忘了，我迅速调整好心态，流利地把见面语说了出来，又把精心画好的图画赠送给了郑叔叔。做完这一切，我终于舒了一口气，心中的大石头也放了下来。唉，谢天谢地，幸好没有出丑。

　　但接下来的情景却完全出乎我的意料，郑叔叔竟然提出要和我拥抱一下。我顿时惊呆了，一股难以名状的喜悦之情顿时涌上心头，一时间，我简直不敢相信自己的耳朵。可还没等我回过神来，郑叔叔已经张开了大手，我不由自主地也抱了过去，把脸贴在他的胸前。顿时，台下再一次响起了尖叫声、掌声。那一刻，仿佛过了一万年，我不仅见到了大作家郑渊洁叔叔，还万分荣幸地与他亲密拥抱了。这样的美事竟然让我遇上了，我顿时觉得我是世界上最最幸福的人了！台下无数的闪光灯亮了起来。这一刻成了永恒！

　　直到现在，这张照片让我时时重温当时快乐的时光，让我回到那激动人心的场面，我永远都会记得那次让人难以忘怀的拥抱。

"旱鸭子"和"水鸭子"

蒋子燕

"扑通"！小表妹张开双臂，身子向前一挪，像一只小燕子，在四五米高的水滑梯上掠过一道优美的弧线，再一次漂亮地钻进了游泳池，溅起的浪花顽皮地轻点我的脸颊，羞得我满脸发烫。夏日的午后，景致宜人。本来姑父带我和小表妹到游泳池里来学游泳，没想到小表妹露了这一手。我的心里痒痒的，可我有恐高症，害怕极了，不敢上去，只能像只"旱鸭子"呆呆地蹲在池岸边，一言不发。

"燕子，上去滑一把！"姑父大概看穿了我的心思。"我，我……"我的心跳顿时加快起来。姑父笑了，似乎有点不怀好意。他走过来，用他那有力的大手抓住我，把我往滑台上拖。"我怕，怕高，头晕。"我的脚像生了根似的，有千斤重。"怕什么？胆大些！试试就不晕了。"姑父的话斩钉截铁，不容否决。小表妹也从我身后用双手推我："姐姐不怕！姐姐不怕！"

前拖后推，我第一次尝到了被人当成鸭子赶上架的滋味。我想滑，但更怕滑。我不知道自己是怎么坐到滑台上的，只觉得头晕乎乎的，心"怦怦"直跳，四周的景致仿佛都露出了狰狞面目，一个个豺狼虎豹、牛鬼蛇神似的向我猛扑过来。吓得我两手抱头，双眼紧闭，双腿打颤，身子软得像一团泥，一点也动弹不得。

不知过了多久，忽然，我被人猛地往前一推。霎时，风呼呼地从我的耳边刮过，身子急速地下滑，我的心也随之越绷越紧……"扑通"！谢天谢地，总算滑完了。等我钻出水面，抹掉脸上的水珠，睁开双眼，心底顿时涌起一股紧张后特有的喜悦，心情无比舒畅。我兴奋得用双手使劲地拍打着水面，像只被人赶下水呱呱直叫的"水鸭子"，情不自禁地向姑父、小表妹高喊起来："成功了！我成功了！"

玩　海

岳忠吉

听导游说我们今天要去玩海，几个小朋友一跳三尺高。我们各自准备好泳衣、游泳圈，吃过早饭就向蜈支洲岛赶去。小朋友都急切地问："什么时候到啊，怎么还没到啊！"导游说："快了、快了，别着急哦！"

终于到了！

啊！蜈支洲岛好美啊，简直是人间仙境！海是蔚蓝的，沙滩是白色的，石壁是棕色的，呼吸着清新的空气，脚踏进又清又凉的海水里，真是舒服极了！真是永远不想离开这里，可是我们还要去大东海，只能恋恋不舍地离开了蜈支洲岛。

到了大东海我们赶紧换上了泳衣。由于风浪有些大，胆小的我自己不敢下海，好伙伴们鼓励我半天，我才鼓起勇气和她们一起下去。我们在海里追着闹着，触摸着大海的浪花，玩得可开心了！不过我的腿不知道什么时候被一块小石头硌破了，妈妈说不能长时间浸泡在海水里，我就号召小朋友去岸上玩沙子，我们把沙子堆成城堡，堆成可爱的小动物，还把人埋起来玩，看着那些大人们和我们一起追来跑去，也像我们一样的开心快乐……

也许是太兴奋了，也许是太累了，回到宾馆洗一洗就一头栽在床上睡着了，梦里还在玩堆沙子的游戏！

093

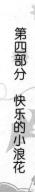

第四部分　快乐的小浪花

养 鸭 乐

丁 丹

昨天，妈妈从街上买回来三只小鸭，这可把我乐坏了！自然就一个人担当起养鸭子的任务来了。

这群鸭子很可爱。它们身穿黑、灰、黄相间的衣服，全身都是毛茸茸、滑溜溜的绒毛，摸上去既舒服又柔软；圆圆的小脑袋上长着一张又扁又黑的小嘴巴，两只小脚丫支撑着那胖乎乎的身躯。它们走起路来像老奶奶似的摇摇晃晃，惹人喜爱。其中有一只更显得与众不同，经常摔跤，爬起来时总是低着头，好像有点不好意思呢！

我家的鸭子虽然很小，但是抢起食物来的劲儿可不小。就说今天早上吧，我抓起两大把饲料放在碗里，再把青菜剁碎，加上一点米饭，然后搅拌几下，准备倒进去时，这群平时不爱理我的小鸭子，顿时都围拢过来，"嘎叽"、"嘎叽"地叫个不停，一双双眼睛盯住我，好像在说："给我吃，主人！"我故意逗逗它们，装做不给它们吃。这时，在盒子里的鸭子开始想跳出来，特别是那只最小的鸭子，跳得可有劲了，一次，两次，三次……可就是跳不出来，呵呵……啊！你看它一个不小心摔倒了，这下我可是心疼坏了，立刻把食物倒进去。顿时小鸭子们乱了起来，你推我、我推你的，推推挤挤地大吃起来。有趣的是，那只挤倒在地的小鸭子竟索性趴在地上吃起食物来，那贪吃的样子一点都不逊色于猪八戒，哈哈……我不禁乐得捧腹大笑。

呵，这些鸭子真是既可爱又顽皮，非常有趣，给我带来了许多欢乐。我太喜欢它们了。

镇家之宝——"和平猪"

王 涵

"和平猪"？——没错呀，的的确确就是"和平猪"！它是我家的"镇家之宝"。"和平猪"只有乒乓球大小，是"迷你型"的陶瓷工艺品。托在手心里细瞧，它脸蛋上抹了胭脂不说，连翘鼻子也抹上了，真逗！那特大号的天蓝眼镜，几乎遮住了大半张脸儿。浑圆饱满的身体，偏又配着根短短的小尾巴。你觉得挺滑稽吧，可它自我感觉还特棒。这不，它歪着个脑袋，正炫耀了："怎么样？我这个pose，够酷吧！"哈哈，真可爱！

为啥叫它"和平猪"？这里面还有一个小故事呢。暑假的一天，我手里做着作业，可心里一直惦记着动画片。我想偷点儿懒，又觉得有些不好意思，就先去试探一下老妈的口气："今天我少做五面作业，明天再补上也可以吧？"妈妈淡淡地说："作业是你自己的事，暑假计划是你自己制定的，你自己看着办吧！"哼，这不是明摆着不同意吗？暑假也不能放松点要求？我心里窝着火，噼里啪啦就跟妈妈打起了嘴仗……

下午，我去上舞蹈课，课间休息时，老师走过来，关心地问："平时你挺认真的，今天却心不在焉，怎么啦？"我忍不住把满腹牢骚倒了出来。老师微笑着说："你能不能换个角度想想，如果你是妈妈，你会怎么做？"我愣了半天，结结巴巴说不出话来，心里的疙瘩突然没了。

放学了，我径直来到附近一家精品店，想为妈妈挑选一件礼物来表达心中的歉意。我一眼就相中了这只小猪。老妈姓"朱"，和它是"一家人"嘛！

当我把小猪塞到老妈手里时，她愣了一下，马上又明白了，打趣说："哟，这小猪是和平使者吧！"我不好意思地点点头。自打"和平猪"进了我家，我和老妈之间的"战争"也越来越少了。我们又封它一个称号"镇家之宝"。

095

第四部分 快乐的小浪花

比萨饼真好吃

朱寅介

爸爸妈妈很早就和我约定，如果期末我能考双百，他们就带我去吃比萨饼。但是很遗憾，这个愿望一直没能实现。总盼着有一天能去比萨店饱餐一顿。

机会终于来了，在我最好的朋友戴翎一家的邀请下，我们两家人聚在一起准备去吃比萨，那时，我兴奋极了。

小轿车在华地的地下停车场停好后，经过几个拐弯，我们终于来到了方塔东街的"必胜客"西餐厅。在服务员阿姨的带领下，我们走进了餐厅，来到选中的餐桌旁。叔叔看着菜单，点了很多叫不上名的食品，当然少不了我最想吃的比萨饼。不一会儿，一盘香味扑鼻、热乎乎的比萨饼就出现在我的面前。只见金光油亮的比萨饼上均匀地分布着各种食材，有熟甜玉米粒、蘑菇丁、胡萝卜小片、青椒小块、红椒小块、核桃仁碎粒、松子仁等，还有被烤红了的火腿片，一块块让人开胃的熏肉……我等不及了，想赶快夹一块来尝尝。咦？怎么没有筷子呀，望着这令人垂涎欲滴的美食，该怎么办呢？我刚想伸手去抓，妈妈转过身来对我说："吃西餐不能用手的，应该左手拿叉，右手拿刀或者汤匙，你试试看。"于是，我左手拿叉，右手拿刀，学着外国人吃西餐的样子，用刀割了一小块，再用叉子送到嘴边。哇！一股香味直冲"鼻霄"，赶忙送到嘴里，脆脆的，咸咸的，酸酸的，真好吃。那味道啊，真是妙不可言！可是刀和叉终究没有筷子好使，最后，我索性换成了手抓。大人们看着我和戴翎沾满番茄沙司、沙拉酱的小手，还舔着挂在嘴边的奶酪，都禁不住笑了起来。比萨的香味也在我们的欢笑间弥漫……

在这充满异国情调的"必胜客"餐厅里，到处洋溢着那品尝比萨饼的快乐，那品尝比萨饼的悠闲……比萨饼的味道真好！

放风筝

徐沙贝

下午，天气晴朗，窗外春意盎然，日暖风轻，我对妈妈说："天气这么好，我们去放风筝吧！"妈妈说："好！"

来到中山公园，只见空中大大小小的风筝映入了我的眼帘，五颜六色，忽上忽下，忽左忽右地飞着，我不禁入迷了。

瞧，这边的风筝各式各样，有金鱼、小鸟、飞机……那边的风筝一个个美丽无比，有书法汉字、京剧脸谱……一阵风拂过孩子的脸颊，孩子们欢呼着，风筝越飞越高，似乎飞到了云彩上。

看着别的孩子们那么高兴，我忍不住也系好风筝线，乘着风放起了风筝。我把风筝往上一抛，一阵强风把风筝吹了起来，那只风筝像一只胖乎乎的大鸟，摇头摆尾地往上飞，可风筝怎么也飞不高，我一撒腿，向左跑去，可风筝却不听我的使唤，拼命往下落。别人放的风筝越飞越高，我的风筝却在空中转了几个圈，像个醉汉似的落了下来。看着天上花花绿绿的风筝，我心里挺不是滋味儿。天上有自由飞翔的"蜻蜓"，有翩翩起舞的"蝴蝶"，有漂亮的"美人鱼"，还有游来游去的"小蝌蚪"……唯独没有我的"小姑娘"。

在一旁的妈妈似乎看出我的心事，走过来问："风筝放得怎样了？"我不吭声。突然，又来了一股风，这股风像是专门为我们送来的。妈妈接过我的风筝线，一会儿收线，一会儿放线，一会儿往前跑，一会儿向后退。风筝便听话地扶摇直上，两条彩带迎风飘扬，美极了。没过多久，风筝便只有巴掌那么大了。

不好，风筝飞得太远，快要和大树枝丫缠住了，妈妈收线，又往前走了两步，风筝便灵巧地躲了过去。

再看看天上的包公脸、彩虹、小螃蟹、把天空装点成了美丽的万花筒。望着满天飞舞的风筝，我顿时心旷神怡。啊！这些风筝和孩子们的笑容融为一体，构成了一幅迷人的风筝画。

097

第四部分 快乐的小浪花

我学会了用照相机

赵佳楹

爸爸刚买了一个照相机。哇！好漂亮啊！长方形的黑色机身上镶着一个又圆又大的镜头，像一只炯炯有神的大眼睛注视着前方。镜头上有几圈可以转动的圆环，是用来调节光圈和距离的。在机身的背面还装饰着一只振翼翱翔的海鸥。

今天我们一家到云南西双版纳旅游。那里的树木长得郁郁葱葱，群山环绕，小桥流水，令人流连忘返。我拿出新买的照相机准备留住这美好的景色。

我按了一下开关键，只听见"嗞"的一声，我心想，天哪，难道我把照相机弄坏了吗？带着恐惧的心理我跑去问爸爸，说："爸爸，相机'嗞'的一声，是不是相机坏了？"说着，我把相机递给了爸爸。爸爸一看哈哈大笑，说："相机没坏，那是镜头伸出来的声音而已。"我听了这才放心地拍起照片来。这次，又遇到了麻烦，我拍出来的照片是雪白的没有色彩。没办法只好请教"大师"。爸爸说："噢，那是因为天色太亮了，再加上闪光灯就看不见景色了。"经过爸爸的调整，拍出来的照片总算是有颜色了，可是照片模糊不清。爸爸不厌其烦地讲解："你的手在颤抖，对不准焦点，所以导致照片模糊。"经过爸爸的指导，我开始练习。我对准了一朵漂亮的油菜花，准备下手。我夹紧双肩，屏住呼吸，轻轻按了一下按钮，过了三四秒钟，只听"啪"的一声，照片拍好了，拍出来的照片不仅清晰而且色彩丰富。爸爸看了对我竖起了大拇指。

这次我不仅学会了拍照，而且也明白了一个道理：不懂就问，坚持练习就可以获得成功。

快乐的小浪花

何 走

在我记忆的海洋里奔腾着无数的浪花，其中最有趣的一朵要数我第一次自己穿衣服的情景了。

那时我刚上小学，过着"小公主"般"衣来伸手，饭来张口"的日子。过了年，妈妈对我说："你已经八岁了，从明天开始，你就学着自己穿衣吧。"我高兴地说："好啊，这事难不倒我！"

第二天，我起得早早的，但望着床边前一天脱下的那一大堆衣服，竟不知道先穿哪件。我拿起一件毛线衣就穿，还行，不费劲就套上去了。"哎呀！"我叫起来，"怎么我的脖子这么难受？像有绳子勒着一样。"我下床一照镜子，咦，我胸前的小白兔图案哪儿去了？我无意中背对镜子扭过头一看，天哪，小白兔到了后背上！怪不得我脖子难受，原来我把毛衣前后穿反了！唉，只得脱下来重新穿！

我稀里糊涂把衣服和裤子全穿好了，然后得意地让妈妈"检阅"。她到底会怎样夸我呢？我在心中设想着。谁知妈妈看见了，并没有夸我，反而是一阵大笑，把我笑傻了。"妈妈，为什么你笑成那样？"我不解地问。她依旧笑着对我说："宝贝，你摸摸你的衣服扣子。"我低头一看，哟！扣错了！最上面的一粒扣子扣到了第二个孔里，第二粒扣子扣在了第三个孔里……最下面的一粒扣子"无家可归"，正孤零零地直摆动呢！难怪妈妈笑我的纽扣"走错门"了。我吐了吐舌头，连忙改了过来。

唉，我第一次自己穿衣真是笑话百出呀！

给小蝌蚪做手术

王 华

　　每当我在小河边看到小蝌蚪时，总会想起前年发生的那件事，内疚之情便油然而生。

　　那天，我一个人坐在沙发上看《脑筋急转弯》。忽然，一个问题难住了我：用什么办法可以使小蝌蚪很快脱掉尾巴？我左思右想，可还是找不到答案，于是翻看书后的正确答案。只见答案上写着："用小刀割掉它的尾巴。"我看后，不由得喜上眉梢，心想："如果小蝌蚪能很快地脱掉尾巴，就可以很快地变成青蛙去捉害虫了！"我越想越得意，仿佛马上就要为人类做一件大好事。

　　我马上到小河边捉来几只小蝌蚪，养在盆子里。然后，我拿出了一块木板，用削铅笔的小刀做"手术刀"，把棉花蘸上白酒做"消毒棉球"。一切准备就绪，我开始给小蝌蚪做"手术"了。我先把小蝌蚪捞出来，放在"手术台"上。我一手按住小蝌蚪的头，一手战战兢兢地拿起"手术刀"，小心翼翼地割下了小蝌蚪的尾巴。几分钟过去了，眼前的情景令我大吃一惊：小蝌蚪们不但没有变成青蛙，反而都死了。

　　这时我才醒悟过来，原来《脑筋急转弯》上的答案有大半是不可行的。想不到由于无知，我竟成了杀害小蝌蚪的凶手，我永远为自己做的这件事感到内疚。

馋嘴童年

张淑玲

童年，是金色的，它蕴含着天真烂漫；童年，又是白色的，因为它洁白无瑕；童年，也是粉红色的，它留下的记忆永远像桃花粉红的花瓣点缀着生活中的每个角落。

呵，每当我想起我读幼儿园大班时那一节食物认识课，我都会不由自主地笑起来。

那时的我，非常馋嘴，小嘴巴整天吃个不停，一看见食物就眼睛发亮，所以每次的食物认识课上，我都会对老师带来的食物产生莫大的兴趣，特别是当老师说要请小朋友上来品尝时，我总是迫不及待地举起手，甚至站了起来，又蹦又跳。所以我经常被老师选中。

有一次，米丽老师端着一盘辣椒款款走了进来，放在桌上。多美的红果子啊，光滑的皮上泛着诱人的红色，一定好吃极了。我的眼睛闪闪发光，辣椒"走"到哪儿，我的眼睛就跟到哪儿，我一心想着品尝它的美味，简直着了迷……米丽老师声情并茂地说着、比划着，我则呆呆地想着、期待着……终于，老师开始请小朋友上台了。我立刻高高举起小手，大喊一声："我！"果然，老师笑着，对我招了招手。我三步并作两步窜到台前，迅速地抓起一个"红果子"，往嘴里一放，牙齿一嚼，"哎哟……"一种火辣辣的感觉迅速占据了我的整个口腔，我恐惧地张开嘴，呼呼地喘着气，接着"哇"的一声哭了起来。小朋友吓坏了，米丽老师慌慌张张地找来一杯水，我迫不及待地抢了过来，"咕咚咕咚……"一大杯凉水一眨眼就被我喝光了。嘴依然火辣辣的，我噙着眼泪，那难受的滋味啊，至今还记得。

时间飞逝，而今，我已成长为一个六年级的小学生了，早已不像儿时那么馋嘴了。然而，当年吃辣椒的情景却常常浮现心头。它似乎时刻提醒我什么，可是是什么呢？

101

第四部分 快乐的小浪花

春天的回忆

王姗姗

当我抬头仰望春天的天空，一个小小的身影便刺痛了我的心。"唧——"它在长鸣，"嗖——"它斜着身子从那棵高大的榆树下掠过。那优美的身影，那优雅的动作，不禁让我心头一颤，对它，我是一个罪人……

记得那年春天，我住在外婆家。屋檐下，辛勤的燕子妈妈忙碌地筑起了巢，不久，巢里多了三条小生命。那些小燕子唧唧喳喳的，很可爱，乌黑发亮的小眼珠不停地好奇地看着我。很快，我对只是仰着头看它们已经不满足了，我想把它们握在手里，抚摸它们，逗它们玩。可是，燕子的窝太高了，我够不着。

忽然，一根竹竿闯入视线，我拿起就捅。"啪嗒"一声，燕巢果然掉下来了！我又惊又喜还有点害怕，不知该如何是好。柔弱的小燕子们也是惊慌失措，拼命想站起来又显得没力气。我的心也在挣扎：我想把它们放回原处，可是无能为力；我想找大人帮忙，又怕挨骂……我犹豫着。

正在这时，忽然听到一阵急促的脚步声，是外公回来了！我急了，连忙抱起鸟巢和小燕子们一起藏进了木柴堆里……

等外公离开，我把小鸟们找出来时，它们已经耷拉下了脑袋……再也听不到它们稚嫩的啁啾声了。看着小燕子的爸爸妈妈来来回回在屋檐周围盘旋，我很难过，幼小的我承受着从来不曾有过的、说不出的滋味……

我知道，无论我做什么都无法弥补我的过错，我欠小燕子的，我发誓再也不会做伤害它们的事了。因为这件事，每当3月来临又闻燕子呢喃时，我的心总会隐隐作痛。

第一次得"优+"

黄和清

阳光好像在那天格外灿烂，空气好像在那天格外新鲜，我的心情也十分愉快。你们知道为什么吗?

原因就是我在朱老师Top作文课上第一次得到"优+"，被登在了作文资料上。哇，我当时心情处在比狂喜还要高兴的境界，一遍又一遍地读着十分熟悉的这篇"佳作"，真可谓是百看不厌哪! 谁让这是第一次呢?

课堂上，当朱老师请同学们读"优+"范文时，我一看，第二篇就是我了，心想：一定要好好准备准备，待会儿可不能茶壶里煮饺子——有货倒不出啊!

终于到我读了，我心里虽因为"从未有过"而紧张得"扑通"直跳，但还是流利、通顺地把这篇文章朗读完了。

接着到了点评时间，朱老师先点评了我的文章，然后对我加以表扬。我心里激动万分，以至于脸上通红通红，谁让这是第一次呢?

不过，最令人紧张、激动的是这个环节，朱老师要从五篇"优+"范文中选出"冠军"、"亚军"、"季军"。我的作文竟意外坐上了冠军的宝座，我再也控制不住心中的情绪了，欢呼雀跃，挥动着手臂。谁让这是第一次呢?

人生中有许许多多个第一次，就像一本字典刚被翻到第一页；就像一架飞机刚刚起飞；就像一条蚕刚刚褪下第一层皮……这些"第一次"无论是表扬还是批评，都会引导我们前进，激励我们成长。像我第一次得"优+"就是这样。

玩是我的最爱

李王玮

　　玩对于我们这些天真活泼的孩子来说，是一件多么美妙的事情呀！我对玩达到了痴迷的程度。只要有时间，我就会出去玩，我在玩中感受到了无比的快乐。我最喜欢玩星空轮了，我是在一天下午偶然与它相遇的。那天，一个少年脚踩两个轮子飞快地从我眼前滑过。这轮子到底是什么东西？使那位少年像神话中的哪吒脚踩风火轮一样神气。我真羡慕他呀！我四处打听才知道它叫星空轮。

　　从那时起，我就渴望拥有一双星空轮。经过我的死缠硬磨，妈妈在百般无奈之下答应了我。终于有一天，一个崭新的星空轮出现在我的眼前，我大声叫道："我不是在做梦吧！"我一蹦三尺高，心都要从胸膛里跳出来了。

　　买了就要学呀，我迫不及待穿上星空轮慢慢地站起来，但刚一站起来就摔了个四脚朝天。没想到星空轮送给我的第一个礼物竟是摔跤。又不知摔了多少跤，爬起来多少次，仍然滑不好。我垂头丧气地坐在水泥地上，心里真不是个滋味。

　　这时有几个小朋友滑着星空轮过来了，他们牵起我的手向前滑去。滑了一会儿，我突然感觉自己像鸟儿一样飞起来了。他们慢慢地松开了手，这时我已能灵活地滑行了，大喊："我终于会滑了。"

　　现在，无论我在哪儿都穿着星空轮不愿意脱下。不管在家还是在学校，不管在马路上还是在院子里，都能看到我滑行的身影。

　　我除了喜欢玩星空轮外，还喜欢海盗船、电脑、下棋……就连地上的蚂蚁、树上的毛毛虫都能让我玩个痛快。只要能玩的，我都喜欢玩，玩是我的最爱。

游戏中的学问

朱雯琪

晚饭过后，妈妈神秘兮兮地拿出一枚两分硬币和一枚五分硬币，我急忙问："妈，这是干什么呀？"妈妈笑道："这还不知道，我们来玩猜硬币的游戏，保证又好玩又刺激。"

妈妈接着说："你把每只手里塞一枚硬币，不让我看见，我都可以猜出来。"爸爸半信半疑地说："真的？我就不相信你长有透视眼。""不信就来试试。"妈妈说着把手里的钱递给了爸爸，爸爸扭过身子，左塞塞，右塞塞，我不耐烦了："爸爸，快点吧，不要再磨蹭。"爸爸把两个大拳头伸到老妈面前，大叫一声："猜吧！"妈妈笑着说："你先把左手的钱数乘以2，右手的钱数乘以3，然后把所得的积相加，说出是奇数还是偶数。"只见老爸一会看看天花板，一会托着腮帮子。我着急了："老爸，你数学是怎么学的呀？"爸爸脱口而出："是偶数。"妈妈对答如流："左手是五分，右手是两分。"爸爸把大拳头伸开，一看："啊！果真如此。"妈妈得意洋洋地说："这次信了吧。"爸爸结结巴巴地说："你……你是蒙的。"

我自告奋勇地说："让我再来试试吧！""好的！"妈妈说。我拿着硬币，眉头紧锁，这回我把小拳头送给妈妈，并且信心十足地说："是奇数。"妈妈胸有成竹："左手是两分，右手是五分。"我莫名其妙："妈妈，你可真厉害，我真佩服你！"老妈得意洋洋："我有绝招。"

我求妈妈把绝招告诉我，她笑着说："我用的是简单的奇偶数原理。"我这才恍然大悟，原来游戏中也有学问呀！

韵

曹梦婷

　　"儿童急走追黄蝶，飞入菜花无处寻"，"童孙未解供耕织，也傍桑阴学种瓜"……这样的诗句总会勾起我无限的遐想。儿时的那一幕幕欢愉的情景便在我的心中激起层层涟漪，继而心潮澎湃。

　　记得家中后院原有一方池塘，池浅水净。暮春时节，池边几棵垂柳开始舒展长长的柳枝，随风飘动，婀娜而多姿。那淘气的小蜻蜓时而滑翔，时而轻点水面，时而停落在嫩绿的荷尖上，总是那样的轻盈飘逸。院内的那株桃树怎堪寂寞？3月桃花的粉靥让人心动，禁不住凑鼻而闻，心境自是如水般平静，如微风拂面般释然。我是如风的少年，有着如火的热情，而对于水的感情更是难舍。村南是个方圆近百亩的天然池。夏日，烈日当空，干燥的泥土气息更增添人们对于水的渴望。于是，一声口哨，邀上三五个小伙伴，如青蛙般"扑通"、"扑通"跳下水，顿时暑气全消。光着屁股的伙伴们，学着狗刨，打着水仗，那笑声在水面久久回荡……

　　可是，一切似乎变得模糊而陌生了。

　　是有"接天莲叶"、"映日荷花"，可是奶奶说它不香了；是有"五谷丰盈"、"大米白饭"，可是爷爷说"咋不养人呢"；是有"满眼葱茏的绿色，满地的高楼大厦"，可爸爸却说"咋呼吸不畅，心情不爽呢？"是有……再也不见水中嬉戏的光腚小男孩，再不闻雏燕啄新泥的啾啾声，再不敢光着脚丫，穿梭于花丛树影间……

　　这是为什么呢？我们文明了，我们卫生了。可是那么多的疾病更肆无忌惮地侵蚀着人们的生命。戴着口罩的人多了，患鼻炎、咽炎的人也多了；高楼拔地而起，鳞次栉比，人们却常感叹无休闲去处……

　　索溪峪的"野"山"野"水中，那些城里的大家闺秀，那些年近古稀的老者，却也顽童般脱掉鞋袜，挽起裤脚，在溪水中玩耍或蹦跳着追逐蝴蝶，或三五人争抢一根玉米棒，啃得毫无顾忌……

　　其实，我们不就是大自然的生灵吗？任它沧海桑田，哪怕狂风骤雨、电闪雷鸣……自然是伟大的母亲，我们躺在她的怀里，惟有——放松心境，融入其间！

第五部分

花丛中翩然的精灵

　　她是一名美丽的"千手观音"。看，舞台上，长裙飘飘的舅妈如仙女下凡。随着音乐的节奏，她好似一只蝴蝶精灵在花丛中翩然穿梭。"成功的花儿，人们只惊叹它的明艳，谁知道它成功的芽儿，浸透了多少血和泪？"为了舞台上这灿烂的一刻，她付出了多少代价呀！

　　　　　　　　　　　　——吕妍婷《花丛中翩然的精灵》

我家的"西游记"

翟劭翀

演员表

我——孙悟空

妈妈——唐僧

爸爸——猪八戒、沙僧

"猴王"出世

2003年9月14日，"哇——"从产房里传出嘹亮的啼哭声。我，这个小生命在世界上出现了。我天生就活泼可爱、天真聪明，深受家人的喜爱。三岁那年，我开始变得猴样儿的淘气。拽老猫的尾巴，堵小狗的窝，上蹿下跳搞破坏，拉都拉不住。我还有一股猴脾气，动不动就爱发火。

妈妈是唐僧

每天，妈妈的唠叨声总在我耳边回荡，因此，我编了一首关于"唠叨"的歌：

我那童年的烦恼是妈妈的唠叨

妈妈的唠叨向我砸来：

——做作业（噢！知道了！）

——去洗澡（马上去！）

——快睡觉（收到！）

我是不是个乖小孩？

烦！烦！烦！我好烦！

有一天，妈妈外出我独自在家——好寂寞——因为没了妈妈的唠叨。

从那以后我发现，妈妈的唠叨其实很——重——要——

（念白：妈妈，我爱您的唠叨。）

我的猪爸爸和沙僧爸爸

我的猪爸爸贪吃爱睡，我的沙僧爸爸任劳任怨。

一、猪爸爸

猪爸爸虽然很贪吃，但他可是下厨的高手啦！每当我回家，他就给我用父爱烹饪出一道道美味的菜。

二、沙僧爸爸

沙僧爸爸呀！家里的大活小事他都干，简直是家里的多面手。

告诉你吧！这两个爸爸其实是一个人。

111

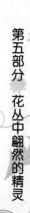

妈妈的味道

王贤振

常听一些同学抱怨："我妈妈整天唠唠叨叨，我好歹也是个小男子汉了，只会被人笑话，跟她在一起没一点儿意思。"怎么会没意思呢？经过我留心观察、深入了解，发现自己的妈妈是那么的有味道。

妈妈是苦味的。她每天忙忙碌碌地上班，骑着一辆自行车，风里来，雨里去，多年如一日。每天下了班，她就急忙往家赶，勤俭持家，精打细算，把我和爸爸照顾得舒舒服服的。我在学校受了丁点委屈也会向她发泄半天，但妈妈也有委屈的时候，可她在我面前从来都是强装欢笑的，仔细一想，妈妈的心有时也是苦的。

妈妈是甜味的。在家里，她每天把家里清扫得一尘不染，把我打扮得帅气极了，使我在幸福的家中茁壮成长。她心地善良，哪家有困难都能看见她的身影。她乐观开朗，无论走到哪儿都洒下一阵笑声，感染着大家。可以说，妈妈的味道也是甜丝丝的。

妈妈是辣味的。她干什么事风风火火，自己做生意，出去进货、运货，回来售货，大多是她一个人。邻居都说我妈妈是个女强人。我问妈妈："你为什么要这么辛苦呀？"妈妈眼一瞪："还不是为了你？只要你好好学习，妈妈再辛苦也是值得的。"有一次，我贪玩没有完成作业，被妈妈知道了，她狠狠地批评了我一顿。我眼泪"哗啦啦"地流，暗暗地后悔不已。所以说，妈妈还挺有辣味的。

认真想一番，我发现，我的妈妈味道多样，太有意思了。我一定要做妈妈的好孩子，让妈妈少一点苦味，多一点甜味！

我的 "脏" 爸爸

梁 帅

每一个人都有自己的爸爸。也许你的爸爸是个富商，也许你的爸爸是个官员，而我的爸爸却是个地地道道的农民，但我一样自豪。

爸爸很不注意照料自己的生活。你瞧他：乱蓬蓬的头发，鼻尖上总是粘着几点污垢什么的；衣服上不但脏兮兮的满是泥，还油腻腻地带着汽油味，还有那沾满泥巴的脚套着一双拖鞋……浑身上下，凝成一个特点——脏。

爸爸整天干活，忙在家里、地里和店里，也难怪他弄得那么脏了。早上，我刚起床，爸爸已经从地里干活回来了；吃过早饭，又去修理店修拖拉机；中午常常不回来吃饭，啃几块饼干就凑合着过去；到了傍晚，拎起水桶就去洗菜；半夜里常常被人叫去修理突然坏了的拖拉机。从他那粗糙的手上就能想象出他干的活是那么多，那双手上长满了厚厚的老茧，有着许多裂缝，裂缝中黑黑的，是汽油钻了进去，洗也洗不掉。他还逗我们说："这样，爸爸有了记号，就不会丢了呀！"逗得我"咯咯"直笑。

"脏"爸爸为了调剂我们的生活，还种了好多种蔬菜和水果，春天有西红柿，夏天有瓜，秋天有梨。爸爸常说："咱们家买不起那些高级营养品，自己能种的，就多吃点，一样有营养。"爸爸不仅在生活上这么关心我，还在学习上对我丝毫不放松，他不愿我再像他那样"睁眼瞎"。记得有一次期末考试，我由于不认真，数学和语文都考砸了，爸爸跟我赌了两三天的气。我暗地里下决心一定要好好学习，否则太对不起爸爸的"脏"、爸爸的辛苦了。

你们说，我有这样的爸爸能不自豪吗？我一定好好学习，将来报答爸爸的养育之恩。

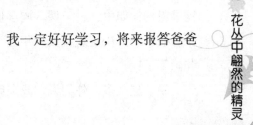

我是一个"迷"

陆 韩

我是一个小男孩，集众多兴趣爱好于一身，所以大家都说我是什么什么"迷"。

妈妈说我是个"电视迷"。寒假，暑假，看电视是我的专利，我会把一台29英寸的电视机给承包了，少儿频道点播台恐怕都得奖励我这个忠实的"粉丝"！不瞒你说，看了不过瘾，我还偷偷点播了几次，八元钱一次，妈妈交电话费看出了端倪，把我好好教训了一顿，到现在屁股还隐隐作痛呢。

爷爷说我是个"碟片迷"。他老人家给我买的碟片可多了，《哪吒传奇》、《蜡笔小新》、《猫和老鼠》、《战斗陀螺》、《四驱兄弟》、《机器猫》等等，两碟装，十三碟装，应有尽有，足有二百多本！我有个坏习惯，看过之后便不再感兴趣，因此很多碟片都外借出去甚至失踪了。奶奶还说我是个"败家子"呢，不过，只要有新碟上市，爷爷还会给我买。因为他对我是有求必应。

爸爸说我是个"小书迷"。每次看到同学有新书，我就缠着爸爸给我买，《魔力宝贝》、《神奇宝贝》、《数码宝贝》……我都有。如果他们不肯买，我就省吃俭用，用自己的零花钱买。现在我的书多得像小山，可我的储蓄罐却空空如也。

同学说我是个"画迷"。我对画画情有独钟，凡是动画片的人物，我都能画得栩栩如生。一下课，同学们就围住我，看我画画，还竞相模仿呢。这个暑假，妈妈决定送我去少年宫学画画，我甭提有多开心了，早就准备好纸和画笔了！

说了这么多，你们说，我到底是什么"迷"呢？

114

人老心不老的爷爷

尹　杭

爷爷老了……

放学时，我一眼就能看到接我的他，他那一头银白的头发在人群中分外耀眼。

而曾经走路像一阵风的他，现在也会时不时肩膀疼、腰疼、胯骨疼……

现在的他，总是躺着不睡坐着睡。一吃完饭，无论是在车上，还是在家里的躺椅上，他都能以迅雷不及掩耳之势睡着；即便是在商场里，他在等我们几个"磨蹭鬼"的空隙，都能在长椅上短暂梦游。

他是旧事不忘新事忘。眼前的事，不管是出门该带的眼镜、手机或者水，还是出门要做的事，或者大家刚刚说过的话，他转眼就忘，可是N年前的事，比如说他为家乡建设流了多少汗，付出了多少辛苦，建了多少项目，家乡有了多大改变，他可是如数家珍。

他絮叨。他的"革命史"我已经听了无数遍，耳朵都要长茧子了；还有他总是给我讲"大道理"，比如说要懂礼貌、有修养，还有男子汉应该怎样怎样……

可是他老得不无知。每天他总是雷打不动地看《新闻联播》，在网上查新闻，也看报纸，他对这个社会的变化和进步了如指掌。

他老得不糊涂。他就是我们家的"活地图"。每到一处，他总是先观察地形地貌，做到心里有数；只要是坐车经过的路，哪怕只走了一次，他都能记住；他的大脑就好像是一台装着GPS的"活电脑"，无论走到哪个路口，他都能迅速判断出通往目的地的最佳路线，来深圳虽然没几年，可是他对深圳的道路是成竹在胸。

他老得顽皮又可爱，活脱儿一个"老小孩"。走路的时候，他总是把手中的水瓶扔得高高的再接住，偶尔也有"演砸"的时候，水瓶失手摔在

地上，逗得我哈哈大笑。有一次，我的羽毛球挂在树上了，他还用他的水瓶"绝技"一下就把羽毛球打下来了！

他老得不固执。比如说从小妈妈就给我买了很多的变形玩具，他刚开始也觉得有点浪费钱。可当我在机器人比赛获了奖、展示了我的动手能力之后，他的观念改变了。他承认，买那些玩具没有白买。他由衷地夸奖了我，说他上大学才开始学机械专业，可是我虽然现在只是个小学生，摆弄、安装的那些机器人，用的零件其实和他在机械专业里用的都差不多，只不过他用的是铁的，而我用的是塑料的而已，安装技术也差不多。

他老得不食古不化，他总是能接受新的观念和新的事物。他电脑用得不错，经常在电脑上下象棋，房间里总是回荡着"将军"的声音；他还喜欢用手机下载歌、听歌，无论是打太极拳的时候，还是在公园散步，悠扬的歌曲总是陪伴着他（虽然在我听来那些都是"老掉牙"的歌）。

他老得不悲观。他总是把事情往好了想，把人往好了想，他能欣赏周围一切美好的事物，不管是一朵花还是一棵树。和他在一起，我总是感到兴致盎然。

他老得不服老。他总去台球俱乐部和一些青年人一试高低，我总是听到他说"昨天我输给了某某某，可今天我又赢了某某某"。在古稀之年，他还拜了一位超级厉害，曾经获得过全国职业台球比赛冠军的不满三十岁的教练为师，有时候打球回来还会说："今天教练让了我多少个球后，我还赢了他。"

爷爷脾气超好，他总是梦想着和奶奶一起过金婚纪念日……

我真是有一位可敬的爷爷，"老顽童"爷爷，人老心不老的爷爷……

超级爷爷

龚适之

不是有个"超级女声"大赛吗？怎么没有人想到再来个"超级爷爷"的大赛呢？如果有，我一定给我爷爷报个名。

爷爷今年六十八，白发不少，皱纹也不少。讲外形条件，爷爷不咋样。但比"内功"的话，爷爷可厉害哩！

爷爷是个老书虫。他有两个大大的书柜，全塞得满满的。爷爷的古文底子很厚。书柜里尽是些唐诗呀、宋词呀、元曲呀、古代散文呀，要不，就是《欧阳修全集》、《苏轼全集》、《王安石全集》、《李清照全集》……我和姐姐学古诗，不管碰到什么问题，只要问问爷爷这个活字典准成。

爷爷爱书，却不是书呆子，他手巧得很。这个星期，爷爷就送我一张自制的小书桌。桌面是捡来的一块四方木板。爷爷把它上漆刷亮，再买来一个脚架，用螺丝固定好。哈，一张迷你小书桌就大功告成！他还是家里的"全能修理工"，电灯坏了、水管漏了、挂架断了……爷爷都有本事修好。

说起爷爷的厨艺，那更是"隔墙吹喇叭——名声在外"。爷爷很会熬汤。楼上楼下的邻居经常打趣："吃肉不如喝汤，喝汤不如闻香。今天，我们又能免费闻香啦！"爷爷最拿手的还要算做面食了。只说他做的饼吧，花样就不少：讲馅儿的话，有韭菜饼、粉丝饼、肉饼；讲做法的话，有煎饼、烙饼、烤饼，全都馋死人哟！还有饺子、包子、馒头、花卷，爷爷十八般武艺，样样精通。我们常说，如果爷爷开一家早点铺的话，门槛准会被顾客踩平。

怎么样？我爷爷够"超级"的吧！

第五部分 花丛中翩然的精灵

花<u>丛</u>中翩然的精灵

吕妍婷

有时候，我觉得上帝很不公平。他给了舅妈如花的美貌，却又残酷地剥夺了她聆听世界的权利和语言表达的能力。是的，舅妈是个聋哑人，但她实在很美。

舅妈的舞姿很美。她是武汉市残疾协会的会员，她是一名美丽的"千手观音"。看，舞台上，长裙飘飘的舅妈如仙女下凡。随着音乐的节奏，她好似一只蝴蝶精灵在花丛中翩然穿梭。"成功的花儿，人们只惊叹它的明艳，谁知道它成功的芽儿，浸透了多少血和泪？"为了舞台上这灿烂的一刻，她付出了多少代价呀！夏天的武汉向来有"火炉"之称，舅妈练功的礼堂里又没有空调，汗水一次又一次湿透了她的衣衫……

舅妈的手很巧。她给外公、外婆编织厚厚的毛裤、毛袜，给妈妈、表姐编织漂亮的毛衣、围巾。她的刺绣更是一流，绣什么像什么。外婆家那电视罩、冰箱罩、沙发搭巾，全都是舅妈的杰作。她的拿手绝活是绣鸳鸯，看那枕头罩上的鸳鸯戏水图，栩栩如生，尤其是鸳鸯的眼睛色彩流溢、灵气十足。

舅妈手巧，心更巧。一次，我们到舅妈家串门。按了半天门铃，舅妈开门了。咦，屋里只有舅妈一人呀，她怎么听见了门铃声？我纳闷极了。原来，这是舅妈的小发明。舅妈房里有一盏红色的报警灯，灯线连着门铃开关。当有人按响门铃时，报警灯一闪一闪的，舅妈就能"听"到门铃声啦！

舅妈还有一颗天使般美丽的心。外公外婆常常夸奖她孝顺。外婆上了年纪，时常腰酸腿疼，舅妈总不厌其烦地为外婆按摩，她这手按摩功夫，都是跟着电视上自学的呢！

有时候，我又觉得上帝很公平。他把残疾的舅妈变成了一个美丽天使，一个在人间翩然的精灵！

神气的"牛"哥

屈 攀

我有一个哥们，他梳着偏头，一双闪烁的眼睛充满稚气，面部肌肉特发达，随便一个表情都充满牛气，让人忍俊不禁。他爱吹牛，因此我叫他牛哥。

谈起他的"牛"，真有点悬，每次都吹准了。有一次，他来到我家玩。我看着圆圆的西瓜，灵机一动想故意考考他，便斜着眼睛说："'吹牛'大王，今天我考考你，你听着，把这个西瓜切成八块，但只能用三刀。"我眯着眼睛看着他，准备欣赏他的丑相。谁知，只见牛哥眨着机灵的眼睛，忽然，嘴角一笑，操起水果刀在西瓜上竖着交叉两刀切下，再拦腰一刀。哇噻！我数了数刚好八块。嘿！绝了，他居然切对了。我不由得向他竖起了大拇指，心里真有点佩服他了。

还有一次，学校里举行知识抢答赛。牛哥被我班派为代表，他兴趣盎然，牛劲十足，但我们还是担心着发生意外。"请问有个字每个人都要写错，是什么字？""'错'字。"牛哥抢着回答。"加十分。"主持人微笑着。"世界上最早的摩托车是什么？是哪国人发明的？""爱迪生。"别班同学抢答了。牛哥迫不及待地接过话："哈哈，不对，是机器脚踏车，德国人戈特利布·戴姆勒于1885年发明的。"说完，还嘿嘿一笑。"正确！"主持人点点头。天啊，他太"牛"了！吹牛尽吹到一百多年前的外国去了，名字还那么长啊，我们立即拍掌叫好。由于他出色的"表演"，我班获得了"聪明班集体"的称号。赛后，全校师生一提起他，都夸奖不完他的"牛"。从这次，我也对他刮目相看，心里彻底地佩服他了。

瞧，我这个好朋友真"牛"吧！

119

第五部分 花丛中翩然的精灵

你猜他是谁

朱联希

我们班里有一个"大权威"。他呀，虽然矮矮的个子，但一瞧那大大的脑袋，一笑露出俩门牙，还是挺威风的。他是谁呢？卖个关子，天机不可泄露。

他是全校有名的体育健将，如果你参加过我们学校的运动会，瞧过短跑的百米小飞人，那就是他，两只小脚擂地的频率会让你目瞪口呆。

他还是打羽毛球"三大高手"里的一员呢！

大课间来了，我对他说："Hello！心情好不好呢？"

他说："阳光明媚，春光灿烂！"

"我正好带了羽毛球，俺哥们俩来打吧！"

嘿，我和他还是哥们呢！不愧是"三大高手"中的一员，可是，俺也是呀！我俩忽左忽右，忽上忽下，忽有忽无，正杀得难分难解、天昏地暗。"我也来吧！"闻声看去，是我们的体育老师——陈老师！我们的第三大高手来也！

师生对打，二对一。我们"对打如流"，一不小心，哇！我们输了一球！他对我说："哥们，发个超远球！"于是我使出了我的拿手好戏——"羽毛飞散"来对付老师。可惜，羽毛球在空中划过一道长长的弧线，从陈老师头顶飞了过去！呀！我们又输了一球！我再次使出必杀技——"弹跳球"！那球跳来跳去，但是仍然没能逃出陈老师的球拍。眼看我们就要败下阵来。"接招！"只见他大喝一声，原来总算使出了他的必杀技——"斜远球！"那球"S"形飞来飞去，弄得陈老师措手不及！再来一招"天龙球！"我们这必杀技是无敌的！果然，陈老师败下阵来，我俩一阵欢呼！

那人是谁呢？正是王明轩！掌管我们班纪律、卫生的总"检查官"。我们三年（3）班大名鼎鼎的班长！

我与"大侠"老师们

史 越

话说我班的三位老师，可谓武艺了得，而且个个都有一手看家绝活，堪称"武林大侠"。不信，你且听俺慢慢向你道来……

凌波微步

早晨，又到了每天的"英语一刻钟"时间。忽然，英语老师急匆匆地走了出去。呀！机不可失！我赶紧从抽屉中抽出《天龙八部》，慌忙夹在了英语书中，然后装模作样地"读"了起来……

正看得起劲，从旁边伸出了手，吓得我是肝胆俱裂，这……这不是我们的English Teacher嘛！她什么时候练就了绝顶轻功——凌波微步！不然怎么会躲过我"千里眼"、"顺风耳"的监视？

后果可想而知，不说也罢！

狮子吼

上午，沉闷的数学课又开始了，"从甲地到乙地，小明每小时走10千米……"数学老师在讲台前大声地读着应用题。

"小明为什么不能练就绝顶轻功，那么从甲地到乙地只要一炷香的工夫。"想到这儿，我不禁"扑哧"一声笑了出来。

"史越，你哪天上课思想不开小差……"数学老师走到我跟前，施展开"金毛狮王"谢逊的独门武功——"狮子吼"，震得我是耳膜直颤。

唉！厉害的"狮子吼"！苦命的我！

六脉神剑

中午，班主任语文老师把我叫到了办公室。遭了！我暗暗想到。

果不其然！在桌上摆放着我的"罪证"——《天龙八部》。班主任老师用她那玉葱似的手指，指了指"罪证"，"看来我得和你爸爸交流一下了！"说着她打开桌上的《家长联系手册》……

"老师！别！我改不成吗？"我连忙求饶道。"改？这学期你是第几次讲这话了？不成！"边说边用手指着我的额头，顿时，我觉得背上一阵阵凉气直往上腾，唉！老师的手指简直比段誉的"六脉神剑"还要厉害呀！

……

唉！我的"大侠"老师们！

老师，我为您画张像

张 驰

老师，您坐好，我为您画张像……握着笔，我开始思索——红、橙、黄、绿，如何调色？如何着彩？是轻描淡写，还是重彩浓抹？

骤然间，无数点、线、明、暗……一下子涌进我的脑海中，牵动着我的思绪。

老师，您坐好，我为您画张像，把情感融入色彩之中，从笔尖，流露出一串串真挚。

眼——是心灵的窗户，这里有数学的计算，又有哲学的思考；有微观的分析，又有宏观的综合。灵感之光，智慧之火，才智之源，赤诚和信任的热风，一起在这汹涌、闪烁、激荡！

口——是一眼泉水。那循循善诱的话语，像淙淙流淌的泉水。它是1、2、3、4……是a、b、c、d……是人生哲学，是做人的道理。这泉水，滋润着我们心灵，洗刷那里的浊水污泥。

手——是什么样的一双手！骨节分明，皱纹密布。是这样一双手，在我掉队之际，用力推我向上，就这样一双手，关系着民族的脊梁！

老师，您握着如犁的粉笔，开垦万顷荒原，您播种智慧的种子，培育出擎天的栋梁！

阳光普照，园丁心坎春意暖；甘雨滋润，桃李枝头蓓蕾红。老师，您的爱能使枯木冒出新芽，使沙漠变成绿洲。您如温暖的河流，轻托着我们生命的小舟，缓缓驶向成功的彼岸……

老师，您在我们心目中，永远是"真"的种子，"善"的旗帜。永远是严厉的父亲，慈祥的母亲。

老师，您坐好，让我为您画张像……

等小鸭子过马路的司机

杨 洋

夏日的中午，我乘着出租车往家赶，出租车的空调开着，效果并不好。尽管路上行人不多，但司机开得也不快。

车进一居民小区时，司机轻点了一下刹车，我没见有人，只见不远处，有一个蠕动的点，靠近一看，是一只小鸭子，它从路的左边向路的右边走去，小鸭子见车来了，并不急，还是不紧不慢地走着。这时，司机把车停了下来，像是在欣赏这只在路上左右摇摆的小鸭子，我埋怨司机为什么不摁一下喇叭。司机像是没有听到我说的话，等小鸭子走过之后，他只是指指周围的居民楼，抬腕看看表说："现在正是午睡时间，不能摁喇叭。"

听了他的话，我对他肃然起敬。路上，司机拍拍方向盘给我讲了这样一个故事：桑塔纳是从德国大众汽车集团引进的技术制造的，同样的车在德国喇叭几年不坏，起先，在中国不到两年就坏了。是技术原因？德国人紧张起来，后来他们发现，中国人喜欢摁喇叭。是炫耀，是招呼，是开心，是自傲，只是一动手指，呼——鸣笛而过，就是堵车，走不了，摇下车窗，伸出头，一排车喇叭齐鸣，排怨。

司机的话让我有了这样一个美好的愿望：所有的车都闭上嘴，绅士一样在城内缓缓地走过，路旁居民楼门窗大开，没有惊扰……

"嘀——嘀——！"还不待我的幻想完全展开，迎面一辆货车两声鸣叫让我彻底惊醒，司机告诉我那车的喇叭是气喇叭，比电喇叭还响，中国造。

风雨里不相识的他

贾月铭

在傍晚的时候，我一个人站在乡村的公路边，我在观察这个将要沉睡的世界。

太阳落山了。那一刻，让人觉出了岁月的匆匆。天，忽然变得黯淡了，黑云渐渐包裹住了天空，颜色越来越浓。这时，刮了一阵莫名其妙的大风，恼人的雨也随之而来了。

一阵"隆隆"声灌入我的耳朵。我定睛一看，一辆摩托车飞速地朝我的方向驶来。他没有戴安全帽，长长的头发被风吹得在头上舞蹈。他上身穿着一件蓝色的雨披，下身穿着一条脏兮兮的黑裤子，脚上的鞋已是湿淋淋的。他可能有些冷，整个人缩成一团，他紧握油门，两眼专注地看着前方。他的家，可能在前面很远的地方。

他或许是一个进城打工的农民，在建筑工地上抬水泥和石头，多辛苦的工作啊！可是他不能休息，他得一刻不停地拼命，他需要多挣钱来养家糊口。他的家中一定还有一个淘气可爱的孩子吧，孩子的妈妈一定站在大门口，穿过夜幕眺望远方。她们，一定在等着他回家。

他拿到工资了吗？这是初春，天气变化无常，他顶风冒雨回家，不会感冒吗？他的身体一定非常疲倦，他多么向往家中那个温暖的火炕啊！

他远去了，消失在夜幕中。我知道在这个时刻，回家是一个永恒的主题。

125

微笑的弥漫

郭翘楚

　　走进那家温馨的小书吧，书吧里散发出书的清香，书屋装饰大方，陈列整洁，分类明晰，给人一种休闲的快感。

　　书吧有一位年轻漂亮的女主人，她见我走进来，笑盈盈地向我打招呼，那微笑的眼睛给人亲切感。

　　我坐到一张玻璃桌前，借着明亮的灯光翻阅着一本本新书。年轻的女主人为我端来一杯清茶，朝我友好地笑了笑。一杯清茶下肚，一路上的疲倦顿消，感觉无比舒爽。

　　她走过来问我："好看吗？"我朝她微笑着点头。她走向迎宾台，继续为下一位读者服务。她的微笑弥漫了这间小小的屋子。看得出这家书吧的女主人爱着每一位读者。

　　我要走了，那位年轻的女主人微笑着目送我出门，甜甜地说了声："欢迎下次再来！"这个小小的书吧给人春天般的温暖。

　　忙过了一段考试之后，当我再次站到这个温馨的书吧门前时，等待我的却是紧闭的大门，门上醒目地贴着一张"门面转让"的纸条。这个书吧怎么了？那位年轻的女主人怎么了？我满脑子里一片茫然，一路来时的那股高兴劲一下子没了，我的心空落落的……

　　我呆呆地站在那儿，天空仿佛一块凝固的冰。周围孤零零的，只有几棵呆立的柳树挂着几片稀疏的绿叶，有几只小鸟在树梢徘徊、哀鸣。

　　天空阴了下来，不一会儿，下起了小雨。缕缕雨丝抚摸着我的脸蛋，滑滑的，凉凉的，还有一点儿苦涩。

　　那书吧的清香，那位女主人的微笑，那双会说话的眼睛以及那杯清茶，都将成为我记忆的永恒。

美丽的农村女孩

邵丽华

　　头发剪得短短的，脸颊晒得黑黑的，裤管卷得高高的……这样的女孩，是农村女孩。

　　农村女孩儿活泼得很。爬树、掏鸟蛋、粘鸣蝉、捉迷藏、掰腕子、抽陀螺、打水漂、摸黑鱼、钓青虾、抠泥鳅、挖螃蟹……有哪一样逊色于男孩子？树枝头的马蜂，花丛中的蝴蝶，杂草间的流萤，地面上的蚂蚁，泥土里的蚯蚓……又有哪一个不是她们的手下败将？

　　农村女孩儿勤劳得很。平日里，煮饭、洗衣、扫地、喂鸡、赶鹅、养羊、放牛……个个都是一等一的好手。实在闲得没事可干，她们便会挎个竹篮子，抓把镰刀，到田野里转上一圈，割点猪草，挑点野菜……去时空荡荡的篮子，不一会就沉甸甸勾在臂弯里。

　　农村女孩儿热情得很。有朋自远方来，不论是相识的，还是不相识的，她们都会毫不吝惜地捧出炒米，拿出河藕，端出菱角，用家乡的土特产盛情地款待你。而后，一边带你欣赏春天绿油油的麦苗，夏天红艳艳的荷花，秋天金灿灿的稻谷，冬天白皑皑的积雪，一边兴奋地向你介绍这介绍那。临别时，她们会偷偷地往你的挎包里塞上一两样亲手做的柳条抽花、豆壳短笛，抑或蚕豆项链、芦花凉帽，或者给你扎个风筝、糊个花灯、捏个泥人什么的，要不干脆捉两只蟋蟀或蝈蝈送给你，叫你不好意思不收下她们这份难却的心意。

　　农村的女孩呀，生在农村，长在农村，她们年复一年就这样三三两两走在一起，玩在一起，坐在一起，或唱或笑，或打或闹，无忧无虑地生活着。她们似乎从小就比其他人更懂得如何深爱这片生她们养她们的土地！

第五部分 花丛中翩然的精灵

他在角落里发着光

姜享利

一天，我的鞋破了一个三角口，脚趾头从破洞中钻了出来，同学们谁见了谁笑，我可不想当他们的笑柄，就赶紧去街尾找那位修鞋的老爷爷。

老爷爷一天天默默地坐在一个小角落里，我每天上学都从他面前经过，可是我很少注意他，一个卑微的修鞋匠有什么值得看的呢？

当我找到他时，他正在给别人补鞋。他一头黑白夹杂的头发，头戴一顶破得掉了檐儿的草帽，鼻子里还不时地传来"呼哧呼哧"的声音，再看那双手，黑黑的，布满老茧，简直脏死了。

他抬起头笑吟吟地对我说："小朋友，你要补什么呀？"我懒得说话，用手指指脚。他一看，乐了："哟，它饿了，伸出头来跟你要饭吃了。"我把鞋脱下来递给他，他捧着那双鞋，像鉴赏艺术品似的翻来覆去地看。然后，他从一个破木箱里找出了一团深褐色的线，他先拿出一把锋利的刀片，把鞋的四周轻轻地割了一条小口子，然后用带钩的针密密地缝。就这样，他缝了一圈又一圈，终于把鞋补好了，并麻利地剪断了线头。

他转过头来，又看了看我穿在脚上的那只鞋，说："小朋友，那只鞋也快要坏了，坚持不了多久的，也脱下来修修吧！"我犹豫了一下说："不必了。"老爷爷奇怪地问："为什么？"我吞吞吐吐地说："我带的钱不够……"老爷爷不高兴了："瞧你这孩子，难道钱不够爷爷就不给你修了吗？你把爷爷看成什么人了，掉钱眼儿里去了吗？"

在他的坚持下，我只好把鞋脱下来递给他。他一边缝一边说："你以为我是没钱花才干这行吗？告诉你，你想错了。我是皮鞋厂的退休工人，我有退休金，但是有手艺没活干闲得慌啊！我这也算是发挥余热，我不在乎钱，钱是什么东西，生不带来死不带去的……"

听着听着，我的脸火辣辣的，为自己曾经的偏见而自责。

瞧，修鞋的老爷爷，他原来是一块金子，在那一个不起眼的角落里默默地发光呢！

陈大婶赶鸭，真有趣

叶梦莎

　　"噢嘘，噢嘘……"太阳还高高地挂在天上，耳边又传来了赶鸭声。不用猜，那定是我们村赫赫有名的"高音喇叭"——陈大婶在赶她家的那只鸭。

　　河里一前一后地游着两只鸭子，她站在河的一岸，摆好阵势：两脚分开，前腿微弓，后腿一蹬，伴随着一声大喊"噢——嘘"，只见她右手中的半块土块在河上空划出了一条优美的弧线，"扑通"一声，掉进了鸭子边上的水里，立刻滑出了一大片水花。这一扔可让鸭子大吃一惊，拍着翅膀"嘎嘎嘎"地逃到了河的另一岸。可是河的另一岸没有合适鸭子上岸的地方，而陈大婶扔土块又扔不远，所以她只得急匆匆地绕到河的另一岸。瞧，她张开双臂，前后摆动着，每摆一下就跺一次脚，每跺一下脚又肯定会"噢嘘"一声，这动作十分可爱，又加上她那胖胖的身子、矮矮的个子，逗得我们这群站在岸边的孩子禁不住大笑起来。

129

　　就在我们乐得直不起腰来的时候，一个人快速地从我们身后的小道上跑到河的这岸。这人是谁呀？定睛一看，原来是我们村有名的"瘦长个"——曹大妈，原来另一只鸭子是她家的，怪不得呢？嘿，这可绝了，又是另一番风景，瞧，她俩一东一西，一胖一瘦，一高一矮，声音也是一高一低，唱起了双簧。那河里的两只鸭子，看看这边，看看那边，真是丈二和尚摸不着头脑，左右为难，就干脆一直往前游吧。而陈大婶呢，看着鸭子，又看看曹大妈气急败坏地说："曹大妈，你看都是……"她急得一跺脚，"唉，你给我看着这鸭子，我去叫我老头子，索性让他拿鱼叉给叉上来，回头宰了它，气死我了……以后再也不养鸭子了……"她满头大汗，铁青着脸，径直沿小路回家。

　　"哎呀，广播都响了，五点半了，我饭还没烧呢！"曹大妈转身也跑回家去了。河里的两只鸭子"嘎嘎嘎"叫了三声，拍着翅膀，又继续玩去了。

第六部分

小橘子的梦想

　　喝一口，再喝一口，多么清甜的露珠啊！晶莹地，闪着光彩，那是我成长的营养剂。风姑娘轻轻地跑了过来，她抚摸着我稚嫩的小脸，使我日渐强壮，我眯起眼睛细细地感受着她带给我的温馨。太阳公公起床了，阳光照射过来，香香的，暖暖的，我做了一个深呼吸，给身体补充养分。

　　我叫青青，是一个等待着秋天的橘子。

——俞贝贝《小橘子的梦想》

青蛙与麻雀

李欣洋

在一个美丽的大森林里，住着一只麻雀和一只青蛙。一天青蛙正在荷叶上唱歌："呱呱呱，我是音乐家，又是捉虫大王，呱呱呱，我是最棒的，呱呱呱。"这时正好遇到麻雀，青蛙就更使劲地唱起来："我是小小音乐家，谁都不能和我比。"

麻雀被青蛙吵得不耐烦了，就厌烦地说："可不可以把你的嘴闭上，有什么了不起，我还能飞翔，你能吗？"青蛙不服气地对麻雀说："我的歌声能响遍半个森林，你能吗？如果我会飞行，我的歌声早传遍整个森林了，呱呱呱，我是小小音乐家，谁都不能和我比……"麻雀不甘示弱地说："谁都比你聪明，只是没有人跟你比罢了。"麻雀用手指着青蛙接着说："我跟你比。"青蛙拍拍胸脯骄傲自满地说："我一定能赢过你。"找谁来做裁判呢？这时羊伯伯正好路过这里，它们就请羊伯伯来做裁判，羊伯伯说："好吧，我来做裁判，过两天你们再比赛。"麻雀和青蛙点点头。羊伯伯回家想，一个会飞，一个会游泳，这可怎么办，羊伯伯一转眼珠子说："哎，我这个笨脑子，怎么才想出这个办法来呢？"

到比赛那一天，天气特别的热。青蛙和麻雀神气十足地来比赛，青蛙说："说说比赛规则吧。"羊伯伯说："比赛场地是一片茂密的草原，比捉虫子，谁捉得多，谁就赢了。比赛开始。"于是麻雀和青蛙就开始捉虫子了，因为天气太热了，麻雀飞来飞去也找不到落脚的地方，青蛙蹦来蹦去也是一样，这时，羊伯伯说："你们要看别人的长处，看自己的短处，谦虚使人进步，骄傲使人落后。"听了这话，麻雀和青蛙都惭愧地低下了头。

自从这件事后，青蛙和麻雀成了最好的朋友，也成了森林里最优秀的捕虫能手。

秋天的童话

刘 祎

秋天到了，一片片黄叶像蝴蝶一样慢慢地飞落下来。这个季节最开心的要数果农了，因为他们的果园丰收了。

瞧，果农们正满脸喜悦地摘着红通通的大苹果，大苹果多像一个个火红的小太阳呀！当然还有一些没成熟的青苹果，还得在枝头多待些日子。

可是有一只青苹果看见哥哥姐姐们要出远门，它急了。他对果树妈妈说："妈妈，我也想跟哥哥姐姐看看外面的世界！"树妈妈抚摸着青苹果的头说："傻孩子，你还没有成熟，你跟哥哥姐姐一起走会吃亏的！"任性的青苹果听不进妈妈的劝告："不行，我一定要去！"说完，它一弹一跳，离开了果树妈妈，混进了哥哥姐姐的篮筐里。

青苹果随哥哥姐姐们来到了城里，进入了热闹的市场。红苹果很抢手，一会儿就被人们选走了，只有青苹果寂寞地待在篮子里。它不甘心，也趁机悄悄地钻进购物袋里，被一位阿姨拎回了家。

好多天后。阿姨吃完了红苹果，这才发现已皱了皮的青苹果，她刚咬了一口，就酸得紧皱了眉头，阿姨生气地将青苹果扔到了窗外。

遍体鳞伤的青苹果孤独地躺在路边，车轮不时从它身上辗过。入夜，青苹果欲哭无泪，它伤心地说："我真应该听妈妈的话，等成熟后再出来呀！"

133

山泉娃娃

王岳鑫

"嘀嘀嗒嗒"下雨了，小雨点落在山泉妈妈的怀里，淘气的山泉娃娃从妈妈的怀里溜走了。

山泉娃娃从山涧冲下来，来到了小溪姐姐的身边。小溪里的小鱼、小虾看见山泉娃娃来了，都高兴地向他问好！岸边开满了五彩缤纷的野花，一群小羊吃着鲜嫩的青草，山泉娃娃看它们吃得那么香，恨不得去尝一尝了。

顺着小溪，山泉娃娃来到了小河哥哥的家。一群郊游的人们来到小河边，大人们钓鱼，孩子们有的去采野花，有的找来一大堆石头，在扔石头玩。山泉娃娃听到他们那欢快的笑声，也傻乎乎地笑了。

山泉娃娃兴高采烈地离开了小河，一路走一路看，不知不觉就来到长江叔叔的身边了。哇，好长的长江大桥啊！还有巨大的轮船在长江里行驶！山泉娃娃看呆了。可是江面上怎么又漂着那么多的废纸、饮料瓶、塑料袋……山泉娃娃不解地问长江叔叔："你这里怎么这么脏呀？" "唉！" 长江叔叔烦恼地说，"我这里每天有这么多人和船来，他们好多都不爱护环境，乱扔垃圾，乱排废气……我这里怎能不脏呢！再这样下去，我会得重病的！" 山泉娃娃安慰长江叔叔："别伤心！我一定会呼吁大家都爱护环境的。"

山泉娃娃走啊走，终于，大海爷爷出现在他的面前，海里有各种各样的鱼类、海草、珊瑚、海底动物……看得山泉娃娃目瞪口呆，山泉娃娃再也不想离开大海爷爷的怀抱了！

小橘子的梦想

俞贝贝

喝一口，再喝一口，多么清甜的露珠啊！晶莹地闪着光彩，那是我成长的营养剂。风姑娘轻轻地跑了过来，她抚摸着我稚嫩的小脸，使我日渐强壮，我眯起眼睛细细地感受着她带给我的温馨。太阳公公起床了，阳光照射过来，香香的，暖暖的，我做了一个深呼吸，给身体补充养分。

我叫青青，是一个等待着秋天的橘子。现在秋天到了，我的梦想快要实现了。

在春天的时候，我从橘树妈妈的怀抱中钻了出来。小小的我，穿着嫩绿的衣服，是那么的不起眼。看着旁边的菊花姐姐、蔷薇姐姐迎着风，亮着灿烂的笑容，亭亭玉立地站在那，绽放自己的魅力，接受着别人的赞美，我羡慕极了，不禁很自卑。我问橘树妈妈："妈妈，我为什么长得这么难看呀，别人都能得到赞美，而我却只有在一旁看着听着的份儿？"妈妈却说："傻孩子，耐心地等待，使劲儿长大吧！等到秋天你就可以达成心愿了。"妈妈目光中流露出一丝欣慰。太好了，我顿时充满了希望和信心，我下定决心要努力过好每一天，让自己长得结结实实、漂漂亮亮的，耐心等待着秋天的到来。

一片落叶随风飘然落下，秋天已经到来了。我按捺不住心中的喜悦，俯下头，看了看自己。我发现自己的衣服已经换成了金灿灿的罗纱，脸上充满光芒，结实的身体透着健康。呀，真的变了很多啊！这时，我看到了旁边的小草妹妹、蚯蚓弟弟都用羡慕的眼光看着我。哦！我做到了，我做到了，我大喊着，一旁的妈妈笑了。

我懂了，原来只要努力，就能实现心中的愿望。菊花姐姐和蔷薇姐姐不也是从小小的幼苗长成的吗？

小熊找朋友

岳忠吉

一个阳光明媚的早上，小熊想去公园玩，它一边走一边想：我跟谁玩呢，要找个朋友一起玩才开心！走着走着一不留意就掉进了脏兮兮的泥坑里，弄得满身上下全是泥。这可怎么办呢？回家换衣服太麻烦了，还是快点找个朋友玩吧。

小熊来到了草地上，看见小狗正在玩，就大声问："小狗小狗我们可以做朋友吗？"小狗捂着鼻子，躲得老远指着小熊说："不不不，我才不和这么脏的小熊做朋友呢！"于是小熊就去找旁边的小兔。它对小兔说："小兔，我们做个朋友吧！"小兔脸一扬，不屑地说："你回家洗洗澡再来找我！"小熊只好讪讪地去找小山羊问："小山羊，我们做个朋友，可以吗？"小山羊连忙摇手说："不行不行，你会把我弄脏的。"小熊伤心地去找小猴，悄声地说："小猴弟弟，它们都不理我，你可一定要和我做朋友啊！"小猴子蹭地一下就蹿上了树，说："我不愿意和你交朋友，你浑身上下脏兮兮，我不喜欢你，你快走吧！"小熊非常难过地问："那我怎么做才能成为你们的朋友呢？"小狗、小兔、小山羊、小猴齐声回答："那太简单啦，只要你洗洗澡就可以了！"

小熊急匆匆地回家洗了个澡儿，当它再次来到草地上的时候，小动物们都热情地欢迎它。小熊终于找到朋友啦，小熊真开心呀！从此小熊变成了一个爱干净的好孩子，有朋友可真好！

游霍尔沃兹魔法学校

孟卓钺

    假如有人赐给我一双美丽的翅膀，我会飞到英国，去看那里的霍尔沃兹魔法学校。

    于是，我开始了飞翔。在听到一阵阵呼呼的风声后，我顺利地来到了霍尔沃兹魔法学校。一切都是那么新奇，一只只凤凰、猫头鹰、马身的翼兽在蓝蓝的天空中快活地翱翔，一群巫师正在空旷的广场上演示着奇妙的咒语。森林里，一些马人悠然自得地在柔软的草地上散步……这时候，天空中传来问好声，原来是一群巫师正骑着飞天扫帚热情地和我打着招呼，一只只美丽的独角兽也开始用动人的歌喉唱起美妙的歌。

    我来到霍尔沃兹魔法学校的主楼，美丽的风景尽收眼底。游览了四个大的学院，收到了霍尔沃兹同学送给我的好多好多礼物：隐身衣、魔杖、咬鼻子茶杯、魔法太妃糖、飞天魔毯……面对这一切，我无比兴奋。我实在太喜欢霍尔沃兹的生活，甚至一点也不想回到现实啦！

    然而，梦境总是要醒来的。这不过是我的美丽梦想，每每回味，我依然觉得快活极了，开心极了！

137

第六部分 小橘子的梦想

龟兔第二次赛跑

郭　睿

　　小白兔第一次赛跑时输给了小乌龟，它总觉得自己没脸见人，决定再和乌龟比一次。它就去找小乌龟说："咱们再比比吧！"小乌龟同意了，并请来了大象做裁判，比赛的内容是翻过一座山，再蹚过一条小河，先到终点的为胜利者。

　　比赛开始了，一开始小白兔一直遥遥领先，小乌龟非常着急，紧追慢赶。站在山顶上的小白兔得意地大笑并且挖苦小乌龟像个蜗牛。但这一次小白兔吸取了第一次比赛的教训，没敢大意，回过头急急忙忙向河边赶去。小乌龟终于爬过了山顶，却累得满头大汗，气喘吁吁。小白兔来到河边，却发了愁，因为没有桥它过不了河，小白兔很沮丧，急得连眼睛都红了，心想，这次比赛又要输了。此时，小乌龟也在想，这次可完了，一不留神被一块石子绊了一跤，小乌龟一直滚到山脚下都没有停下来，身体漂浮在河中央，它竟然超过了小白兔！这时小乌龟却没有继续往河对岸游动，而是游了回来，对小白兔说："小白兔，我背你过河吧！"就这样它们一起过了河，手拉着手一起到达了终点。

　　通过这次比赛，小白兔终于明白了：胜利的结果并不是最重要的，要互相帮助，才能战胜困难，一起到达胜利的彼岸。从此，它们成了一对最要好的朋友。

想吃苹果的鼠小弟

黄泓铮

　　有一天，鼠小弟经过一个果园，看见一棵高大的苹果树上结满了又大又香的苹果，它馋得口水直流。它想：多香的苹果呀，我一定要摘到它们。可是苹果树太高了，鼠小弟用尽了很多办法，都不行，只好静下心来再想办法了。

　　忽然，一只小鸟飞到了苹果树上，叼走了一只最红的苹果，鼠小弟自言自语地说："要是我也有一双美丽的翅膀该多好啊！"然后它学小鸟一样伸出两只手想飞起来，可是它怎么也飞不起来，唉！只好另想办法了。

　　正当它想办法的时候，一头大象过来了，只见大象用它的长鼻子往树上一吸，一个最大的苹果就被吸到了。鼠小弟又自言自语地说："要是我也有那么长的鼻子就好了。"于是，它学着大象的样子伸出了自己的鼻子，可是，它的鼻子哪儿够得着呢！

　　海狮来了，看见鼠小弟愁眉苦脸地站在树底下，就问："鼠小弟，你怎么了，那么不开心？""我想吃树上的苹果，可是我怎么也摘不下来！"鼠小弟一脸哭腔地说。"这有什么难的，你回家拿一只皮球和两个袋子过来就行了。"海狮说。鼠小弟听了，马上兴冲冲地跑回家拿来了皮球和袋子。只见海狮把皮球顶了起来，撞向树上。只听到"咚咚咚"的声音，好多苹果纷纷从树上掉了下来，鼠小弟连忙把苹果捡到袋子里……为了感谢海狮的帮忙，鼠小弟想分一些苹果给它拿回家，可是海狮拒绝了，鼠小弟有些着急，该怎么办，忽然它灵机一动，对海狮说："要不，我们一起在这吃吧！"

　　于是，鼠小弟和海狮有说有笑地吃起了大大的、香香的苹果。

第六部分　小橘子的梦想

聪明的猪妈妈

沙天时

小猪噜噜整天只想着玩。妈妈想种些玉米，她让噜噜去把土松一松，噜噜撅着嘴说："松土多吃力呀，我才不干呢！"妈妈想了想说："可是，土里有好玩的东西，你不想找吗？""真的吗？""当然是真的，妈妈还会骗你吗？"一听到有好玩的东西，噜噜顿时觉得浑身有了力气，他拿着锄头把地翻了个遍，果然找到了一些小汽车的零件。他把这些零件拼凑起来，组成了一辆漂亮的小汽车，噜噜可高兴了！

第二天，猪妈妈说："我给你一把手枪和一些玉米种子，你把玉米种子当子弹用枪射到地里去，好吗？"噜噜愉快地答应了。

地里的玉米发芽了，妈妈拿出两根长长的水管，说："我们打水仗吧，谁能把对方一边的地都洒上水，谁就胜利。"最后胜利的当然是噜噜了。

当玉米丰收的时候，妈妈对噜噜说："地里有很多胡子怪，你愿意和我一起去消灭它们吗？""愿意！"噜噜拿起篮子跑到地里去，一会儿就提着一篮子玉米棒回来了。"报告，胡子怪全部抓到了。"妈妈说："把它们全煮了吧。"不久，香气就从他们家飘开了。

噜噜吃着香甜的玉米棒，恍然大悟："妈妈，谢谢您，是您用智慧让我尝到了劳动的甜头。"妈妈开心地笑了。

孙小圣淘气记

刘耀宇

星期六的下午，阳光灿烂，做完周末作业的小猴孙小圣一身轻松地跑到公园里玩耍，在湖边高低不平的石头上蹦来跳去。

旁边练太极的公园管理员笨笨熊提醒他说："小圣，别在那蹦，那儿危险，小心掉到湖里。"可孙小圣对笨笨熊的话却置若罔闻，依旧在那里跳来跳去，一不留心，脚没踩稳，掉到湖里。多亏笨笨熊眼疾手快，跑过去一把把小猴给拉上了岸。全身湿漉漉的小猴吓得赶紧跑得离湖远远的亭子边去晾晒衣服了。

等衣服一干，孙小圣便忘记了刚才的教训，又调皮起来。他偷偷拿起旁边一个写生人的画笔，三下五除二地爬上亭子的一根红柱子上，运用"猴子捞月"的看家本领，两腿盘在一根柱子上，在另一根柱子上提笔写下"孙小圣到此一游"。恰巧这时笨笨熊巡视到这里，看到后急忙喊道："小圣，你怎么能破坏公物，快下来！"孙小圣听到笨笨熊的叫声，一紧张，两腿一松，便从柱子上掉了下来，重重地摔了一个屁股蹲儿，哎哟地叫着。

笨笨熊赶忙走过去，扶起小圣并关心地问："摔着没有，怎么样呀？"感觉自己做错事的孙小圣龇牙咧嘴地摇摇头说："没事。"扭头便往回走。笨笨熊跟上去叫住了他，语重心长地说："你这样做太不应该了，你想想，别人在你脸上乱写乱画，是不是很难看呀，而你却在漂亮的柱子上乱写，它就不美观了，你这是不是就破坏了公物呀！"孙小圣惭愧地低着头说："我知道了，以后再也不这样做了，我现在就去把写的字擦掉！"

笨笨熊点了点头："知错就改的孩子就是好孩子，相信你会做好的！"太阳公公看到这一幕情景，似乎也为小圣的知错能改开心地笑了。

第六部分 小橘子的梦想

智斗大灰狼

于灵溪

在一片茂密的大森林里，住着小兔子一家。兔爸爸和兔妈妈给自己的孩子起了一个好听的名字——小茉莉。

小兔子一家很受欢迎，因为他们乐于助人，做的好事数也数不清。所以，只要小兔子一家遇到困难，森林里的小动物就争着帮助他们渡过难关。

在一个月黑风高的夜晚，小兔子一家被一只穷凶极恶的大灰狼盯上了。森林里的小动物深知大灰狼的厉害，只要被这只大灰狼盯上了，可没你的好果子吃。紧张的气氛顿时包围了小兔子一家。终于有一天，小兔子一家出去散步的时候被大灰狼发现了，他立刻像一只离弦之箭一样奔向小兔子一家人，他馋得口水都流了出来。小兔子一家也不甘示弱，飞也似的跑起来。"呼哧，呼哧，呼哧……"小茉莉再也跑不动了，瘫倒在了地上。就在这千钧一发之际，在离小兔子不远的一棵大树上，突然垂下了一个由猴子组成的"软梯"。兔爸爸和兔妈妈见了，急忙把小茉莉推上了"软梯"。只见"呼"的一声，"软梯"迅速收了起来，回到树上。小茉莉安全了，兔爸爸兔妈妈也就放心了。

兔爸爸和兔妈妈跑到了一条小河边，却犹豫不前了：河水这么深，我们怎样过去呢？眼看着大灰狼渐渐逼近，兔爸爸和兔妈却没有一点办法。突然，一个个像石头一样的东西浮出水面。咦，那是什么？哦！原来是乌龟妈妈带着小乌龟来给兔爸爸和兔妈妈当桥！兔爸爸和兔妈妈一蹦一跳地过了河，乌龟赶忙沉入水中，免得让大灰狼也跟过来。大灰狼在岸边走来走去，只能看着一顿美餐从口中溜走。

终于，大灰狼走了。兔爸爸和兔妈妈看到他们心爱的小宝贝——小茉莉，正从对岸蹦蹦跳跳地踏着"桥"向自己跑来。

从此，小兔子一家过着幸福美好的生活。

第七部分

我的日记，我的脚印

我好像站在软软的沙滩上，回头去看我走过的脚印一样，深深浅浅的，很有趣。我把童年记录在纸上，把我的成长过程保留，把喜怒哀乐定格，这就是我的日记，这是拍摄我的人生的照相机！

——王珊珊《我的日记，我的脚印》

外婆，我想对你说

杨灵璇

×年×月×日　星期×　天气×

今天天气很好，太阳暖暖地照着大地，淘气的云儿在天空中对人们做鬼脸，我的心情很好。

我坐在窗台上观察外面的摩天大楼，眼球忽然被一个年迈的老奶奶和她的小孙女所吸引。小孙女在前面又蹦又跳，年迈的老奶奶在后面追这个调皮的小女孩，一边帮她拍掉身上的泥土，一边说："慢点，慢点。"我突然回忆起了你——我的外婆。

您有着一双大大的眼睛，眼睛里永远是慈爱，无论对谁都笑眯眯的。外婆你总爱穿一件浅灰色的棒针毛衣，一条白色的长裤，脖子上系一条紫色的小丝巾，头上挽着高高的发髻，把您衬托得很温婉。

外婆，您还记得您为我熬夜织毛衣吗？那年寒假，我到您家来玩，晚上就在您那住，您高兴得不得了，给我做了我最爱吃的菜。晚上我起来喝水，发现您的房门还开着，里面闪着微弱的光。您披着一件薄毛衣，戴着老花镜为我织毛衣。当我穿上它时，我觉得这件毛衣的每一针、每一线里包含着您对我的爱。

一天晚上，我的被子落在地上，我被冻醒了，门外响起一阵脚步声，一双温暖的手来替我盖被子，我不自觉地动了动，只听您说了句："天气降温了，小心感冒。"我心里涌上一股暖流，对您说："您去睡吧！我不会踢被子。"

外婆，我想对您说："您使我学会了去爱，我爱您！"

144

冲动的"惩罚"

李燕平

×年×月×日　星期×　天气×

昨天晚上，吃完饭后我们一家人正聊天，大伯来电话说堂哥考上了重点大学。大家听了都非常高兴，妈妈感慨地对爸爸说："人家的儿子怎么这么争气呢！"边说边扭头看我，哼，分明是在说给我听。我气不过站起身便进了自己的房间，爸爸妈妈面面相觑。

在房间里想了一会，我做出了重要决定。晚上临睡时，我对爸爸妈妈严肃地说："从今天开始，我要发奋学习，争取像哥哥那样考上大学。因此，我半夜都要起来读书，希望你们不要干涉我。"妈妈心疼地说："读书是好事，但也不能半夜起来读。一是会把身体弄垮，二是会影响第二天的学习。"我不顾妈妈的劝告坚定地说："我已考虑好了，谁也不能阻止我。"爸爸妈妈对视了一下，无奈地耸了耸肩。

然后，我把闹钟调好，冲了一大杯浓浓的黑咖啡，准备半夜起来时提神用……一切准备就绪，我开始睡觉了。

可今天早上，吃早餐时我发现妈妈的眼圈黑黑的，不知她干什么了。爸爸问我："有没有为自己昨天的冲动感到后悔？"我不好意思地说："昨晚实在醒不来，今天晚上再起来学习吧。"谁知妈妈连连摆手说："算了，算了，你还是正常学习吧，就算你能醒来，你妈我已经受不了了。"我忙问怎么回事。原来妈妈担心我半夜起来学习，时间长了影响身体，刚半夜两点就醒了。她轻轻地爬起来，踮着脚尖走到我房门口一看，里面漆黑一团，鸦雀无声，赶紧折回床上睡觉。夜里四点，上面的情景又重演了一番，所以整晚都是妈妈为我的冲动受到"惩罚"。我羞愧得低下了头。

145

第七部分　我的日记，我的脚印

给小狗刷牙

许国桢

×年×月×日　星期×　天气×

今天早晨，我起床后觉得牙齿有点疼，照了镜子发现牙齿上有几个小黑洞。我突然想起家里的小狗自从来我家已经有三年没有刷牙了，它会不会有蛀牙？为防万一不如我就帮帮它吧。

我从卫生间里拿来了一支小牙刷，挤上牙膏，装满了一杯水。想到小狗可能会不配合，我跑去找邻居小伙伴秋伟来帮帮忙，他听我这么一说很高兴地答应了。

我们俩取来绳子把小狗放倒在地上，我抓着狗腿由秋伟负责绑，小狗以为我们是逗它玩，很快我们就把它绑得个结结实实，接下来刷牙正式开始。

我把牙刷放在牙杯里蘸湿了，秋伟掰开小狗的嘴巴，我发现小狗的牙齿很白没有蛀牙，可小狗不明白我们要做什么，身体不停地扭摆，牙刷一下刷到狗的胡子上，一下刷到它的鼻子上，一下刷到狗嘴上，牙齿没刷到牙膏却已涂满了狗头。我想起了刷牙时常唱的歌《嘻刷刷》便不由自主地唱了起来，小狗也渐渐地安静下来了，我赶紧挤了些牙膏继续刷起来。"嘻刷刷，嘻刷，1、2、3……"

终于刷完了，我们用水洗干净了小狗满嘴的泡沫和满头的牙膏。

大功告成了，解开绳子，小狗一骨碌从地上爬起来跑去找它的同伴们，"汪汪汪"地叫个不停，好像在向同伴们展示自己的牙齿，说："看，口齿清香吗？"同伴们似乎很羡慕它，也"汪汪"地叫，好像在说："谁帮你刷的？"小狗看着我们"汪汪"地叫，好像在说："是他们刷的。"它的同伴们跑了过来，好像缠着我非要让我帮它们刷。我宁死也不帮它们刷。我跑呀跑呀，有一只小狗追上来咬破了我的裤子，我吓得差点连尿也撒在裤子里了。

城市陷阱盖

杨紫金

×年×月×日　星期×　天气×

　　每个人身边都会有一些多彩的故事发生，我身旁发生的故事也毫不逊色。

　　今天，天正下着倾盆大雨。我打着雨伞一步一步艰难地往家赶。突然，我发现前面有一位叔叔也在雨中摸索着前进。我正纳闷：这么一个壮实的叔叔怎么也被大雨难住了？我紧走几步才发现他戴着墨镜，一步一步地摸索前进，雨水滴在他的脸上，衣服也全被淋湿了，这一切告诉我，他是一位盲人。"叔叔，您要上哪里呀？"我在雨中大声地问道。"回家。""我送你回家吧！"我没等盲人叔叔回答就跑过去扶着他往前走。

　　走着走着，我突然发现前面有一个"城市陷阱"没有盖好。我就带着叔叔绕着走过去。叔叔似乎觉察到了什么，问："小朋友，为什么不直走呢？""哦，那儿有个下水管道口没有盖好。""那你扶我到管道口去，我们去把它盖上。""我们已经绕过来了，就别管闲事了。"叔叔听了意味深长地说："我们是过来了，万一后面的人不小心掉下去多危险呀。"听了他的话，我为之一怔，便带着他来到"城市陷阱"旁。只见叔叔蹲下来摸索着抓住了井盖的一角用力地把井盖抬起慢慢地挪动着。水珠不断地从他的脸上流下来，分不清那是汗水，还是雨水。看到这里我也忍不住把雨伞放下和盲人叔叔一起搬动井盖。不知过了多久，我们终于把井盖盖好了。盲人叔叔还在上面使劲踩了几脚才放心地走了……

　　在雨中，是我这个明眼人在为盲人叔叔引路；而在人生的道路上，却是盲人叔叔在为我引路。

147

第七部分　我的日记，我的脚印

看四维立体电影

史沁洋

×年×月×日　星期×　天气×

今天，爸爸妈妈带我去北仑的凤凰山主题乐园游玩。

走进乐园大门，首先映入眼帘的是几个俏皮可爱的卡通人物在人群中跳舞，里面人流涌动，个个脸上都映着幸福的笑脸，我们玩了"互动式射击小飞机"、"海盗船"、"小火车"、"飞天凤凰过山车"和"碰碰车"等游戏，另外我还在"丑小鱼机械馆"、"腊艺馆"、"陶塑馆"等地方大显身手，最后我们来到了四维影院准备观看四维电影《海盗》。

走进影院，我发现每个人手上都拿着一副眼镜，奇怪，今天看电影的全都是近视眼？我百思不得其解。直到电影开始，我才恍然大悟，看立体电影全靠这副眼镜，不戴眼镜就感觉不到立体感。

观看立体电影的感觉，就好像也在电影里一样，有身临其境的感觉。电影中海盗掉下陷阱时，感觉就在自己旁边，我伸出手就好像能摸到他们，真有趣！海盗掉在海里溅起了一片水花，我突然间感到有凉水溅到脸上，弄得湿漉漉的，好像我就在海边，摘下眼镜左顾右盼，就是搞不懂这水从哪里来的，真奇怪？沙滩上的螃蟹感觉就在脚下爬行，我不由自主的用手摸摸脚边，是不是真的有螃蟹，我还真想捉一只呢！

电影结束了，我拉着爸妈迟迟不肯离开影院，还想再看一遍，体验体验这独特的感觉，真是棒极了。

悄悄行动

鲁曙霞

×年×月×日 星期× 天气×

　　沙沙沙，沙沙沙，春雨姑娘在绿色的草丛上弹奏着乐曲。树芽从树妈妈的身上偷偷地钻出来了，小草也探出头来了。

　　哦，春天来了！可以种树了！去年冬天，我们教室后面花坛里的几棵茶花不是冻死了吗？那时，我们见了都感到十分惋惜。今天是星期天，学校正好没人，我就让失去的茶花变回来吧。我匆匆吃好早饭，拿好压岁钱，从花草市场里买了四棵茶花，向学校奔去。

　　刚走到校门口，远远地我看见花坛里有几个小黑点，是谁呢？我走近一看，这不是我班的王飞、何萧萧、陈晓和茨茨吗？他们见了我，向我招招手，说："来，我们一起种树吧！"我高兴地加入到他们的队伍中，我们有的挖坑，有的把小树放进坑里，有的用手把坑填满，有的……不一会儿，树种好了。大家你看我，我看你，笑成一团，原来我们都变成小泥人了，脸上、衣服上和鞋上都是泥。

　　一阵风吹来，花儿随风舞蹈，我也跟着跳了起来。哎呀！不好，我摔了个"四脚朝天"，满屁股的泥土呀！"哈哈！"我们又笑成了一团，笑声传遍了整个校园。这时，我悄悄地对伙伴们说："咱们别把这件事告诉老师！""好！我们来一个悄悄行动！"我们拉了拉钩，小树也向我们点点头。

　　沙沙沙，沙沙沙……小雨弹奏着欢快的乐曲。我们向茶花招招手，向家跑去。

第七部分　我的日记，我的脚印

快乐愚人节

唐　朝

×年×月×日　星期×　天气×

晚上，我一翻日历，今天4月1日，愚人节！唉，一天快过去了，家里也没啥新鲜事儿。

我正要看书，可书桌上全是爸爸没写完的材料，让我烦躁。天已黑了，爸爸还没回家，瞧，妈妈的脸色已"晴转多云"了。我灵机一动，想出一条让爸爸不请自回的妙计，妈妈听后拍手叫绝。于是，我抓起了电话："爸爸，局长叔叔到我们家来了，他跟你要材料呢！"爸爸一听，吓坏了，十万火急地往家赶，气喘吁吁地打开门，此时，我和妈妈正跷着二郎腿坐在沙发上，悠闲地恭候着他呢！他东瞧瞧，西望望，忽然一拍脑门，说："唉，你们捉弄我哪！亏得我对你们一往情深呢！老婆、女儿，我为你们一人准备了一份礼物哩！"

他跑到房间里，拿了两个精致的大盒子，说："老婆，我知道你喜欢这套保暖内衣，特地给你买了一套，穿在身上别提有多舒服了！女儿，你喜欢吃巧克力，拿着！"我和妈妈喜出望外地接过盒子，迫不及待地掀开盖子，只见里面只有几张破报纸……

"丁零零……"电话铃声响了。爸爸拿起话筒"嗯啊"了几声，对我说："朝朝，你的好朋友张雅倩正在门口等你呢！她约你一起出去玩。"我急忙打开门，可我立即发现又上当了，果真如此。怎么办？以其人之道，还治其人之身！我压低嗓门，装成爸爸的好朋友梁叔叔的声音："朝朝，你爸爸在吗？""哦，他在，您请进！"爸爸听了，立即出来迎接："老梁，你怎么来了？快请坐！"我听了，捧腹大笑起来……

愚人节，温馨的家，趣事多多！

养花的启示

尹子涵

×年×月×日　星期×　天气×

　　今年春天，不知爸爸从哪弄来一棵"很不起眼"的植物，个头儿比一粒葡萄大不了多少，呈深绿色，浑身上下长满了密密麻麻、毛茸茸的小刺儿，你若不留神碰到它肯定会被刺痛的。

　　我正望着这位"不速之客"愣神，爸爸插话说："它是仙人球的一种，别看它个头儿小，但寿命却很长。它生长非常缓慢，今后我把它交给你来照料！它的生命力顽强，一周只需浇一次水。怎么样，能完成任务吗？"

　　我皱着眉头，盯着它想：这样的"花"既不开花，也不结果，有什么好养的，爸爸还拿它当宝贝似的！但我还是无奈地点点头，把它摆在我卧室的窗台上就没再理它。过了好几天，我无意地走到它跟前，仔细一看，它和刚来我家的时候一样，没啥变化。我渐渐对它失去了信心，也不按时给它浇水了，便把它由窗台上移到了阳台的一角。

　　时间过得真快，转眼到了夏季。今天的清晨，我拎着水桶给阳台里其他的花浇水，无意发现了躲在角落里的那盆"不起眼"的植物，它的头上竟长出了几个小花骨朵，还开了一朵花呢！红色的花瓣，金黄的花蕊，不时地散发着淡淡的清香。啊，我真没想到，它竟由昔日的"丑小鸭"变成"白天鹅"了。它虽然外表不好看，但却孕育着勃勃生机，难怪爸爸说它生命力强呢！果真如此！

　　以后，我一定精心地照料它。它使我懂得了：做人、做事不要只图外表的华丽，而不注重内心潜能的挖掘，看问题也不要被表面的现象所迷惑。更想不到的是，养花也能从中得到启示。

第七部分　我的日记，我的脚印

我帮妈妈挑刺儿

金铃萍

×年×月×日　星期×　天气×

　　今天晚上，我正在专心致志地做作业，突然听到厨房里"啊"的一声。莫非是妈妈出了什么事？我心里一惊，急忙冲进厨房。爸爸也放下手中的报纸，急匆匆地跑来。"怎么啦？"爸爸关切地问。"刺儿扎进手里啦。"妈妈一边说，一边竖起食指给我们看。果然，在妈妈的食指肚上隐约可以看见刺的影儿，旁边好像还渗出点血。

　　看着妈妈难受的样子，爸爸说："没关系，来，我帮你把刺儿挑出来！"说着，便找来了一枚针，在妈妈的手指上乱扎一通。爸爸那毛手毛脚的样子和妈妈脸上强忍着的痛苦，实在让我不敢再看下去了，我便把头转过去。

　　可是妈妈似乎疼得更厉害了，还不时发出轻微的呻吟声。我下定决心，取代爸爸的"工作"——帮妈妈挑刺儿。我对妈妈说："妈妈，还是让我来试试吧。"妈妈连忙说："好的好的，瞧你爸爸那粗笨的样子，还是让我萍萍来试一试吧。"听着妈妈鼓励的话，接过爸爸手里的针，我的心里充满了自信。

　　我学着平常妈妈为我挑刺儿的样子，先让妈妈用另一边手把这个食指肚捏得紧紧的，然后，我用针尖轻轻地挑开刺儿扎入的地方。刺儿渐渐露出一点头来了，可妈妈的神情却显得异常痛苦，我的手不由得停了下来。妈妈说："别停下，顺着刺儿扎入的方向挑破皮肤，刺儿就在里面待不住了。"我屏住呼吸，按着妈妈说的方法做，不一会儿，刺儿全被我扯出来了。大功告成，我长长地吁了一口气，然后还像妈妈一样，对准那个开了一条小口子的食指吮了一下，妈妈开心地笑了。

　　爸爸摸着我的头，说："你真棒。"我不好意思地笑了笑，说："没什么，以后有事还找金铃萍。"全家人开心地笑了。

152

都是动画片惹的祸

张嘉磊

×年×月×日　星期×　天气×

我是一个"动画迷"，动画片常常深深地吸引着我，什么《火影忍者》、《魔豆传奇》，说起来如数家珍，这些都是我最喜欢的动画片，它给我带来了很多的快乐。但是有时我也常因为迷恋动画片，而被妈妈批评。

今天，我用了近半天的时间终于将作业做完了，掐指一算，正好是放动画片的时间，便对妈妈说："妈妈，我看会儿电视好吗？""可以，不过到了吃午饭时间，我一喊就得来吃饭！""哦！"我欣喜若狂，区区要求我满口答应，飞也似的跑到电视机前，"啪"的一声把电视机打开了，拿起遥控器"嗒嗒"地调着电视频道，搜寻着一个又一个动画片。

动画片里的人物深深地吸引了我，特别是冒险类的人物，让我看得两眼发直。

我正看得起劲，突然，妈妈喊道："吃饭了，别看了。"时间过得真快，才看了一会儿啊，怎么就吃饭了？我心里很不高兴。妈妈见没回音，又大声喊道："吃饭了，别看了！"语气中我听妈妈有点生气了，便喊到："等会儿！"妈妈一听竟大发雷霆，咆哮起来："关掉！吃饭！""待会儿——"我回答道。妈妈见我无动于衷，便疾步走了过来，"啪"的一声毫不犹豫地关掉了电视机。我火气也上来了，急得跳了起来："你干吗？我在看呢！"妈妈吼道："你自己答应一喊吃饭就不看的呀！君子一言，驷马难追！"我无话可答，气得直翻白眼。

带着一肚子气吃完饭，想起了刚才的事情，我真的有点难为情了：刚才是我错了，是我答应在先，后来却反悔，真不应该呀，还是个男生呢！唉，都是动画片惹的祸，我以后一定要改掉这个缺点。

153

第七部分　我的日记，我的脚印

给蛋"美容"

俞 悦

×年×月×日　星期×　天气×

小朋友们，你们经常陪妈妈去美容吗？今天，我和妈妈不是去美容院美容，而是给蛋"美容"，你们一定觉得奇怪吧？

今天是立夏——吃蛋的节日，妈妈给我煮了两个大鹅蛋，一个是白壳儿的，一个是青壳儿的。椭圆形的身子，一头大一些，圆一些，另一头小一些，尖一些，非常可爱。摸上去滑滑的，舒服极了。

154

捧着这两个大鹅蛋，我不舍得吃，又不愿意斗蛋——生怕斗坏了。"小时候妈妈喜欢在蛋上画画……"妈妈的话提醒了我。对呀，我最喜欢画画啦，何不在这大鹅蛋上来一幅，给它美美容呢？于是，就拿来了水彩笔，画了个红彤彤的太阳公公在眯眯笑，快乐的小鸟妹妹在自由飞翔，绿绿的小树在随风舞蹈……咦？蛋的另一面没有画，单调极了，于是我在另一面又画了淅淅沥沥的春雨洒在绿茵茵的草坪上，几条可爱的毛毛虫在玩水呢！

画完了，我兴高采烈地把蛋拿给妈妈看，妈妈连连夸奖："很有创意，太棒了！太棒了！"就提笔在上面写了一句话：东边日出西边雨，道是无晴却有晴。我不太明白这句诗的意思，但我总觉得画上题诗很有意思。

这时爸爸回来了，我把我的杰作拿给爸爸看。爸爸说："女儿厉害，这分明就是艺术品嘛，我家出了个小小艺术家。"听了爸爸的话，我心里喜滋滋的，心想：给蛋"美容"还是艺术呢，明天不是可以到学校让同学们一起做吗？

宝贝计划

张敬松

　　作文课上，刘老师让同学们回家养一个鸡蛋宝宝，还为此次行动取名为"宝贝计划"。她说："要好好照顾蛋宝宝，如果在这几天里，被你们不小心摔碎了，可是要给蛋宝宝写一千字的'道歉信'的。"唉！只好遵命。

　　没想到，在我保护"蛋宝宝"的过程中发生了很多趣事呢，在这里我就和大家一起分享下吧！

　　　　　　　　　　　　　　　　×年×月×日　星期×　天气×

蛋宝宝"安家记"

　　养了蛋宝宝肯定要帮它"买房"了。由于现在"房价"不断"上涨"，只好自己给蛋宝宝造"房子"了。我在家里找到了一个精装的心型糖盒，大小正好可以装下一个鸡蛋，更完美的是红色绒布的外观让这座"房子"显得特别高档，就决定用它了。下一步准备装蛋宝宝了，我拿了两张卫生纸铺在小盒子的下面，将蛋宝宝小心翼翼地放在盒子里，就这样蛋宝宝的家就完成了，还很舒适呢。

蛋宝宝"读书记"

今天我放学回家做完作业又想起了蛋宝宝。我想：蛋宝宝没文化可不行，我们应该一起进步才对。于是我拿起语文复习题，苦口婆心地给它读了一遍，可它竟然无动于衷，那冷静的样子好像故意在气我说："我就不学就不学，看你能把我怎么样？"我气得火冒三丈，把题往它身上一扣就不管了。过一会儿我来看它，哈哈！字都印在它的身上了，看你学不学！不过，苦了明天要给它洗澡澡了。

156

蛋宝宝"洗澡记"

今天要给蛋宝宝洗澡了，我小心翼翼地拿起它，将它轻轻地放到水池子里，打开水龙头先给它冲冲澡，又拿起肥皂在它身上仔细地打圈圈。看着它滑滑的外表，好像在得意地说："这会儿又要当我的仆人了吧？"我生气得真想一摔了事，可它好像又说："你打坏了我，可是要写一千字的道歉信呀！"没办法，还是继续当蛋宝宝的"仆人"吧。一会儿的工夫，蛋宝宝身上就"开"满了白色的小"花"。我打开水龙头，"哗啦哗啦"的水声刚响起来，白色的小花就不见了，蛋宝宝总算是洗完澡了，将擦干净的蛋宝宝放在鼻子前闻一闻，还有股淡淡的清香哩，我似乎看到蛋宝宝对我笑了！

蛋宝宝"冬眠记"

　　冬天到了，我睡觉都觉得冷，我想蛋宝宝也会冷吧。今天一大早我就起床了，因为我要给小蛋（蛋宝宝的新名字）"买新被"。我准备变废为宝，我在家里东找西找，只找到一条有个大洞的毛巾。我想：这就可以当小蛋的棉被了。于是我把毛巾叠起来放到小蛋的身上，竟然很合适。就这样我可爱的小蛋可以安心地"冬眠"了。

　　这就是养"小蛋"时发生的一些事，又要去上作文课了，瞧，我捧着"小蛋"高高兴兴地去上课啦。

157

第七部分　我的日记，我的脚印

难以忘怀的一分钟

赵若菡

×年×月×日　星期×　天气×

一分钟是一个极短的时间，可这次的一分钟让我久久不能忘怀。

今天下午，我们五年级举行跳绳比赛。体育老师从我们班里选出了包括我在内的十名选手。

刚进场时我很紧张，我们十名选手都互相鼓励、支持。一个、两个、三个……我们雄起起气昂昂地上场了。

"脚别抬那么高！"

"放松点，别紧张！"

"坚持住！"

"五（一）班必胜……"

旁边的拉拉队对一个个入场的选手喊着加油。"下一个！赵若菡做准备！"体育老师的话在我的耳边响起。"赵若菡加油！为咱们班争光吧！"另外两名选手陶晓跃和杨园园在旁边不断地鼓励着我，她们的一番话使我心中下了一个决心：我绝不会给五（一）班丢脸的！

一、二、三、四……一百零一、一百零二……我已经跳了一百多个。可这一分钟还没过去，我的手臂和双腿已经又酸又痛了，可是杨园园和陶晓跃还在旁边为我鼓劲。当时我只想到六个字：成功属于我们！

我的耳边终于响起了结束的哨声，我刚回到原地，她俩就兴奋地大喊起来："赵若菡，你太棒了！没给咱们班抹黑！"老师也望着我微笑着，我从老师的眼中看出来她时刻在心中鼓励着我，旁边的拉拉队不停地喊着我的名字，这时，我的心里比火炉还要暖和。

这一分钟虽然很短，但这个一分钟，在我的心里，它是那么的漫长，漫长……

听妈妈说我过去的事情

蔡一玺

×年×月×日　星期×　天气×

　　今天，我独自在家听着那优美的音乐，无意间听到了这么一句："听妈妈讲那过去的事情……"我的脑袋里冒出了一连串的问号，我的小时候是什么样的呢？

　　晚上，我终于克制不住地问妈妈："妈妈，我小时候长什么样？我小时候是不是很可爱？我小时候是不是很胖？"还没等我问完，妈妈那温柔的大手便牵着我的小手进了房间，妈妈拿出了一本一本厚厚的相册，我好奇地拿了一本开始翻阅，刚一打开，只见一个戴着帽子穿着旗袍的可爱小女孩，难道那是我吗？"妈妈，那是我吗？"我一脸疑惑地问妈妈。妈妈满脸微笑地指着我的鼻子说："哟，连自己都不认识了！""原来我那么可爱呀！"我笑嘻嘻地说，得意洋溢在我脸上。

　　翻着翻着，一张照片吸引了我，那是一个女孩正学着妈妈洗衣服，"妈妈，快给我讲讲这是怎么一回事？"我带着撒娇的语气说。"这是你小时候帮妈妈'分担家务'时拍的。你瞧！你那小手把衣服拧呀拧，可就是拧不干，还在那儿哭呢！"妈妈用充满爱意的眼神注视我，用手摸了摸我的头，欣慰地笑了。

　　我们徜徉在许许多多的回忆里，不知不觉中，我淡淡地感到随着长大，幼时的无知与天真已经悄然无声的与我远离，幼时的可爱与活泼也与我说了"再见"。

　　不知不觉中，我淡淡地感到长大真好，可是，回首那无知的儿时不正是快乐的源泉吗？

159

第七部分　我的日记，我的脚印

我渴望着……

吴 迪

×年×月×日　星期×　天气×

在我心中，一直有一个强烈的愿望：我渴望着我的习作也能像其他同学的那样变成铅字，被印到书上、报刊上，在同学和亲人的手中传阅。那该是多么令人激动的事呀！哪怕只是在班上念一念，我也会感觉心里热乎乎的……

今天一进教室，就感觉教室里的气氛有点不对头。同学们没有像往常那样安静地坐在各自的位置上看书。讲台上围着十几个人，他们大声而激动地说着、叫着……大部分同学的脸上洋溢着激动和兴奋，有的甚至激动得满脸通红。

"肯定又有喜事了，不知道又是哪位同学的作文发表了。他好幸运哟！"我突然感觉鼻子一酸，连忙走到座位上，拿起一本作文书假装看起来。每次写作文，我也很努力，但总是写不好，好像我天生比别人笨似的。每当这时，看着别人的成功，我就更清楚地意识到自己的失败。

果然，是杨静语的作文又发表了。他提着一包花花绿绿的糖，站在讲台上激动地说："我要和大家分享快乐！"他的话音刚落，教室里立刻响起了热烈的掌声。说真的，我也真心为他感到高兴，真诚地鼓着掌。

杨静语开始发糖了，同学们高兴地从他手中接过糖，细细地品尝着。有的甚至把糖纸夹在书里，保存起来。轮到我了，我看着杨静语笑眯眯地把手伸进袋中，又笑眯眯地把两颗代表着友谊和喜悦的糖放在我手心中。我张嘴想对他说谢谢，却发现喉咙堵着，说不出来。杨静语也像发现了什么，对我说："吴迪，你也要加油哟，我知道你一定能行！"听了他的话，我憋了半天的泪水终于在眼眶里打转转了，我赶紧剥了一颗糖塞进嘴里。一个声音在我心里响起："谢谢你，杨静语。我一定会加油的！"

　　杨静语走上讲台，把最后一把糖恭恭敬敬地捧给郑老师。郑老师用手抚摸着他的头，脸上露出了灿烂的微笑。老师啊，我一定会加油的！我也要让您为我露出这样灿烂的笑容。

大海，心灵的港湾

金 鑫

×年×月×日　星期×　天气×

今天傍晚，我手里紧紧地拽着老师刚刚发下的试卷，欣喜若狂地跑回家。"呀，98分！我得赶紧跑回家把这个好消息第一时间告诉给爸妈哦！"我心里这样想着，不由得加快了脚步。"啪——"我刚跑进院子，就听见了这熟悉的声音。"难不成是爸妈又……"我不敢往下想，只见妈妈坐在地上啜泣着，从她哀怨的眼神中，我明白了这眼前该是怎么一回事了。爸爸又喝酒了，他一喝醉酒就这样，掀桌子，大吵大闹。"赶紧逃吧！"我还没来得及放下书包就一口气跑了出来。

海风带着我来到了海边，我孤独地坐在这片沙滩上，带着海腥味的风吹在身上，凉飕飕的。我面对这片大海有多久了？每一次我遇到不开心的事，都会跑来这里孤独地坐着，苦苦地看着海的那一边。水蓝蓝的，随着微风轻轻荡漾。

渐渐的，夕阳踉踉跄跄地跌到海的那边去了。碧蓝碧蓝的海面上顿时被洒上了万点星光，偶有一阵清风吹来，海面上被吹起了千万个粼粼的小波纹，这使金光灿灿的水面显得更加温秀可爱。这时，几只水鸟也赶来了，落在海面上，嬉戏着，玩耍着……它们一会儿飞到这儿，一会儿又飞到那儿，好像永远也耍不够似的。看着看着，我感觉自己也好像成了那群海鸟中的一只，正"扑哧扑哧"地扇动着翅膀，在海妈妈的怀里，与小鱼追逐，跟妈妈撒娇呢！想着想着，我不由"哧"地笑出了声。

不知在海边坐了多久，我抬头望望天空，原来，月亮已经升上来了，一轮皎洁的月光照在海面上，波光粼粼的。我索性卷起裤脚，扔掉鞋子，赤脚漫步在沙滩上，任凭海浪亲吻我的双脚，踩在软软的沙滩上，感觉竟是如此的惬意。突然，远处那一阵阵海浪犹如千军万马奔腾而来，拍打在岸边的礁石上，顿时，激起冲天的水柱，有"日月之行，若出其中"之势。霎时，我觉得大海竟是如此广博，如此壮美。我看得海远了，看得浪小了，看得心也大了。

咸咸的海风缓缓地吹过耳际，拂过脸庞，我仿佛看到家里的火药味已被这海风吹散了，一切和谐而温馨。突然变得乐观起来，有了那种豁然开朗的感觉。那种感觉比海还要壮阔，我把一切烦恼归为一朵浪花，浪花在海上永远显得那么渺小，而烦恼在人心中更应是轻微得连它的呼吸声都听不见。

就让浪来吧，我已经寻找到了那片能让我的心灵得到慰藉的大海！

163

第七部分　我的日记，我的脚印

桂花香里的祝福

马晓雯

×年×月×日　星期×　天气×

　　走在校园的林阴小道上，夕阳斜照，花坛里的桂树郁郁葱葱，繁茂的枝叶中满是一簇簇金黄的桂花，小小的，香香的。桂花的馨香随着阵阵清爽的秋风扑鼻而来，真让人陶醉！

　　"沙沙沙，沙沙沙……"突然听到一阵阵轻轻的窸窸窣窣声，有人在折桂花？带着疑惑转身一瞧，好家伙，果然有个低年级的小女孩在攀折桂花树枝。她踮起脚，想要折下面那枝盛开着花朵的枝条，可是树太高，她个子太矮，够不着。看到我走过去，小女孩赶紧松开手，大大的眼睛怯生生地望着我——佩着监督员标志的高年级大姐姐。我厉声问道："你干吗要折桂花！都像你那样，你折一枝，她折一枝，校园里的桂树不就要被你们折光了吗？"

　　显然，小女孩被我吓住了，望着我，脸涨得通红，眼泪似乎马上就要夺眶而出了，她结结巴巴地说："我奶奶病了，躺在床上……她想闻闻桂花的香味……所以……我想折一枝回去，放在奶奶的房间里，让她闻闻桂花的香味。"说完，她把头深深地埋在了胸前。

　　多么可爱的女孩呀，我被她一片深情感动了。我摘下胳膊上火红的监督员的标志，帮她折下那根开满了金黄色桂花的枝条，轻轻地放到她手中。她先是一惊，马上又甜甜地笑了，"谢谢姐姐！"她朝我挥挥手，蹦蹦跳跳地回家了。

　　望着小女孩远去的背影，我默默地祝福那位幸福的奶奶快点好起来。

　　夕阳里，桂花的甜香袅袅悠悠，愈加浓郁。

无奈的一天

麦艺颖

×年×月×日　星期×　天气×

"小二——"老妈又狂喊了，"不要趴在床上看书，会近视的！嗯，你看的什么书？你上六年级了，要毕业考了，怎么还不去学习啊？"

"哦，好了，知道啦！"我懒懒散散地撑起软绵绵的身子，心里愤愤地想：我又不是饭店端盘子的白面小生，什么小二嘛？语文老师总让我们看课外书，我看了咋还挨骂呢？

楼下小孩奔来跑去的声音打断了我的愤懑。仔细听了听，似乎是在玩"警察捉小偷"，想我当年也玩过。嘿嘿，想起那时，我总忍不住笑出声来。当时十几人一起玩，可就我一个女生啊。把头探出窗外，企图发现那群小孩里有个女孩，却发现结果是失望的。

随手翻着桌子上那乱糟糟的参考书，油墨味儿让我肚子一阵抽搐——好想吐。还是听会儿英语听力吧。嗯？MP3呢？

对于这篇自己都不知道说什么的文章，我又"胡"想联翩：如果我是名作家，巴金、鲁迅、冰心级的名作家，这篇文章定会有无数人争先恐后地来寻找它的精华，然后大肆研究一番，然后老师们会告诉学生："这篇文章通过描写了……淋漓尽致地表达了……我们要吸收作家妙笔生花的语言，字字珠玑；要学习名家别具一格的构思……"可惜的是，我只是个无名小辈。

老师说作文要有新意，怎么样才算新呢？不知道我这篇处于无聊状态下写的文章算不算有新意呢？老师看了作何感想？

"小二！"

"唔……唔……"我胡乱应了应随时监控我的老妈。

楼下的小孩散了，太阳跑到西边去了，我的手不情愿地伸向那本蓝色封面的练习册……

舞动的阳光

沈 静

×年×月×日　星期×　天气×

冬天的太阳总会给我带来无限的遐想。今天又是一个有太阳的日子。推开窗，沐浴在暖暖的阳光里，闭上眼，伸出手，我感觉阳光在我身上舞动。深深地吸了口气，好香！是太阳的香味吗？淡淡的。那时有时无的暖暖的香，把我迷醉了。

"啪啪啪……"阳台上传来了拍打被子的声音，妈妈又在忙了。"要是妈妈能陪我一起晒太阳，该有多好啊！"我心想着。

记得小时候，一到冬天，妈妈总爱拉着我到阳台上去晒太阳，总爱用她的大手焐住我冷冰冰的小手，轻轻地揉着、搓着，直到把我的手焐热。我们坐在阳光里，呼吸着新鲜的空气，感受着太阳的温暖，那种感觉真好！妈妈常对我说："小静，你知道吗？太阳是有香味的，那种香味很特别，暖暖的，淡淡的。人闻到了，心情就会变得高兴起来的。"说完后还深深地吸了口气。我点点头，深信太阳是有香味的！

长大了，不再和妈妈一起晒太阳了。学业的繁忙有时让我忘了屋外的好天气。

窗外，阳光一点点淡下去。金色的光芒一点点消失，取而代之的是深幽的蓝黑色。

做完功课，走进卧室准备休息。发现妈妈已经为我铺好了被子。当我钻进被窝的那一刻，我闻到了一阵暖暖的香味，那是太阳的香味。不，那是妈妈的香味！虽然妈妈没有时间像小时候那样为我取暖了，但是充满阳光的被褥同样可以温暖我的全身。

每天，太阳从东边升起，依旧从西边落下。妈妈也随着时间的流逝，一天一天变老，但不变的是妈妈那暖暖的爱，如舞动的阳光，淡淡的，香香的……

一个父亲的眼泪

刘云星

×年×月×日　星期×　天气×

　　有句话说：男子汉大丈夫流血不流泪。可这一次，我却亲眼看到了一个七尺男儿的泪水。这个故事，让我们似乎成熟了许多。

　　今天下午，老师把我们班罪行累累的"小黑"的爸爸请来了。因为"小黑"把他父亲给他的十五元钱，眼皮都不眨一下，就全都拿去买了游戏网卡；把同学的作业本扔进了垃圾堆；跟同学打架；作业经常不做……

　　"小黑"的爸爸来了，可他却似一个羞答答的大姑娘，不敢走进教室，只站在门口，把脸藏在窗帘的后面，好像犯错误的不是"小黑"，而是他自己。我猜想，当时如果他面前有条缝儿，他肯定会毫不犹豫地钻进去。我们知道，"小黑"的爸爸心都碎了。

　　老师问："我们要不要再给'小黑'一次机会？""要！"我们异口同声地回答。这时，"小黑"的爸爸鼓起勇气走了进来，我分明看见他的眼眶里闪动着盈盈的泪光："谢谢你们给'小黑'这个机会。我相信他会珍惜这个机会的。谢谢——你们！"他哽咽了，两颗硕大的泪珠沿着他棱角分明的脸颊悄然滚落，砸在地上，砸在我们的心坎上，我想也应该砸在了"小黑"的心窝里。

　　"小黑"的爸爸哭了。我生平第一次看到一个父亲的泪水，第一次看到一个男子汉的泪水。他的泪水是对儿子无尽的爱的充分流露，他的泪水是那么感人肺腑。望着这位父亲通红的眼眶，泪迹斑斑的脸庞，"小黑"哭了，老师哭了，我们都哭了。

　　爱是一种神奇的东西，是一种伟大的东西。因为爱，我们看到了一个父亲的泪水；因为爱，使一种美好的东西得以传递。

167

第七部分　我的日记，我的脚印

我的日记，我的脚印

王姗姗

×年×月×日　星期×　天气×

今天，我在翻一本以前写的日记本。翻着翻着，我看见一则日记是写好朋友裘扬的。现在她已经转到另外一所学校了。随着日记的记录，我的脑海中出现了我们一起玩耍的那一段美好时光。突然，我好想念她，一年多没见了，裘扬，你还好吗？我在心里默默地想着……

我又看到一篇写我家小黑生小狗的。小黑，你在另一个世界好吗？我仿佛听见它尖细的叫声，看见它深邃发亮的眼睛，还有跟在它身后可爱顽皮的小狗们……我又是惊喜又是心酸。小黑，我会用这样的方式永远怀念着你的！

"哈哈哈……"我情不自禁地大笑起来。因为又一篇文章里，在买文具回家的路上，我正被一只脏不拉叽的小狼狗吓得连气都不敢喘呢……

这一天，我好像站在软软的沙滩上，回头去看我走过的脚印一样，深深浅浅的，很有趣。我把童年记录在纸上，把我的成长过程保留，把喜怒哀乐定格，这就是我的日记，这是拍摄我的人生的照相机！

第八部分

心灵的"美丽花园"

不要把自己禁锢在自己的"美丽花园"里，打开你的心灵，真心分享——

自己是一团火，就要想法把别人点亮；

自己是一盆水，就要想法把别人洗净；

自己是一口井，就要想法让别人品尝；

自己是一粒稻种，就要想法长出更多稻子；

自己是一朵云，就要想法给干旱地区送去甘霖；

自己是一弯月，就要想法给夜行人送去清辉……

与人共享快乐的琼浆，你的人生将会更加快乐！

——刘青青《心灵的"美丽花园"》

小绿狼找回了自己

张恒铭

星期天的早晨，我捧起一本书名为《小绿狼》的绘本读了起来："从前，有一只全身长着青苹果绿色皮毛的小狼，他叫哈瓦尔……"妈妈在一旁，一边洗衣服，一边听我读。不大一会儿，我就读完整个故事。

这时，妈妈问我："你将这个有趣的故事复述一遍，好吗？"我说："好啊。"我开始讲了起来："小绿狼为把自己身上的皮毛变成和其他的同类一样的颜色——灰色，想出了好多办法，先是穿上灰色的衣服，但露出了绿色的尾巴，随后又将灰色的柴灰抹在身上，可半路上被大雨浇回了原形，后来又涂上灰色的油漆，却被太阳晒得差点要了命，最后又求助于懂得魔法的小仙女，可还是不能成功，小绿狼最终回归了原来的自己———只绿色的狼。"

妈妈听完我的复述，满意地说："你说得很棒。"她接着又问："你能说说小绿狼为什么要设法把自己变成灰色吗？"我想想说："他可能觉得自己和那些灰色的狼比起来是异类，有自卑的感觉吧？"妈妈笑呵呵地说："你说得有道理。可到了最后小绿狼又认可了自己，这又是为什么呢？"我一时没有想出合适的理由。妈妈解释道："我来告诉你，因为小绿狼通过一系列的尝试和挫折以后，终于明白了自己就是一只绿色的狼，他已经认同了自己、接纳了自己、肯定了自己，你说是不是这个道理呢？"我点了点头。妈妈又说："同样，正因为咱们自然界多样性的存在，才呈现出丰富多彩的美丽，当然也包括人类自己，我们每一个人都应该有一颗既自信又宽容的心。"

虽然我一时还不能完全理解妈妈所说的话的含义，但有一点我明白，做人就要像小绿狼那样，"是的，我就是一只绿色的狼，不过，那又怎么样呢？"

心灵的"美丽花园"

刘青青

"……长满了绿茸茸的青草，美丽的鲜花随处可见，多得像天上的星星……"然而，当花园主人——巨人看到这快乐的情景时却把玩耍的孩子们都赶了出来，自私、冷酷换来了花园的寒冬。后来经过一个小男孩的提醒，他把花园还给了孩子们，留住了春天，留住了快乐……

巨人的行为让我幼小的心灵浮想联翩，同时也清晰地看到了自己的影子。

记得有一次同学提议："我们把自己的课外书带来，组建一个班级图书角吧。""我家的书可多啦，干吗要拿出来给你们看。"当时，我暗暗地想。第二天，同学们一个个都把自己的书带来了。什么《鲁宾逊漂流记》、《安徒生童话》……还有好多连名字都没有听说过，可把我们班的图书管理员给忙坏了。

只有我，始终没有把自己的课外书拿出来与同学分享。此时，我为自己的行为感到十分的羞愧，我仿佛觉得自己就是那个自私巨人，在自私围筑的"花园"里独自"徘徊"。

现在，我要感谢王尔德这位"快乐王子"，是他告诉我："独乐乐不如众乐乐。""把你的痛苦与人分享，你的痛苦将会减少一半；把你的快乐与人分享，你的快乐将增加一倍。"是啊，分享快乐不会使自己损失什么，却能让这个世界充满温情。

朋友，切记快乐是一种美德，分享快乐也是一种美德，因为快乐能够传染。不要把自己禁锢在自己的"美丽花园"里，打开你的心灵，真心分享——

自己是一团火，就要想法把别人点亮；

自己是一盆水，就要想法把别人洗净；

自己是一口井，就要想法让别人品尝；

自己是一粒稻种，就要想法长出更多稻子；

自己是一朵云，就要想法给干旱地区送去甘霖；

自己是一弯月，就要想法给夜行人送去清辉……

与人共享快乐的琼浆，你的人生将会更加快乐！

懂得爱

吴与伦

意大利作家亚米契斯在《爱的教育》中，成功地塑造了一个个看似平凡但实际上很不平凡的人物：铁匠、卖菜妇女、铁匠的儿子、父亲的老师、小抄写匠、校长、爱国少年等等。这些人物之所以不平凡，是因为他们懂得——爱！这种爱在父子之间、师生之间、邻里之间、同学之间流淌。通过阅读《爱的教育》，我懂得了爱是对父母的关爱，对老师的敬爱，对同学的关心，对穷苦人的同情，对残疾人的尊重和帮助，对祖国深深的热爱和眷恋以及人与人之间的亲情友情。它使我感到人类多么需要互相关心、理解和帮助！而这种关心、理解和帮助都离不开一个最根本的东西——爱！

孔子曾经说过：仁者爱人。可见仁者，首先必须具有一颗美好的爱心，必须懂得爱、拥有爱、奉献爱，否则这个人就是十分愚昧、无知的。诗人泰戈尔也说过：每个人都配享有无限丰富的爱。我们要热爱祖国，热爱人民，要知道感恩。爱心是种子，爱是果实，如果人没有爱心，那他就不会给予人爱，爱心需要用爱来维护、灌溉。

《爱的教育》中好几个令人感动的人物现在我还记忆犹新。助人为乐、正直厚道的卡隆，成绩优秀、谦虚好学的代洛西，调皮可爱、聪明懂事的可莱谛，装扮商人的卡洛斐，顽强拼搏的斯代地，可怜胆小的泼来可西，爱做鬼脸的"小石匠"都给我留下深刻的印象。

《爱的教育》这本书中的至理格言更令我难忘："事情做得不好往往不是没有能力，而是缺乏恒心"，"人类只有三种情感是强烈而单纯的：对知识的追求，对爱的珍视和对人类苦难的悲悯"。

看了这本书，我获益匪浅，它让我懂得了人生的真谛。

给七个小矮人的一封信

谭舒乔

可爱的七个小矮人们：

你们好！我是一名小学生，我非常喜欢你们，喜欢你们的忠心耿耿，喜欢你们关心白雪公主的善良的心。在《白雪公主》这个故事中，你们的善良深深地打动了我。

故事中，美丽的白雪公主因为后妈——狠毒的皇后的逼迫，不得已才逃到了远在千里的你们的家中。但是，可恨的皇后并不死心，她从魔镜那儿得知白雪公主还没有死，自己并不是世界上最漂亮的人，她的嫉妒之火迅速燃烧。于是，皇后不惜跋山涉水，来到了千里迢迢的你们的家，三番两次想害死白雪公主，可是你们救了她。最后白雪公主和一个王子幸福地生活在一起。至于皇后，她也得到了应有的报应。

告诉你们，读完了这个故事，我心潮澎湃，内心始终不能平静。我憎恨皇后的狠毒，怜惜白雪公主的处境，喜欢你们的善良。我要以你们为榜样，在生活中向你们学习。遇到了有困难的人要及时给予帮助，从身边一点一滴的小事做起。同学向我借笔借尺，我会毫不吝啬；看到邻居家的小妹妹摔倒了，我会把她扶起来并帮她擦干泪水；学校开展爱心捐助活动，我会多献出自己的一点爱心……

对了，你们在童话王国中出了名，在现实生活中也出名了。现在，有以你们命名的"七个小矮人"的冰棒，味道很是顶呱呱！也有"七个小矮人"的衣服，样子可漂亮了……听了我的叙述，你们一定非常开心吧？

就写到这吧，祝你们在童话王国中吃得饱，穿得暖，睡觉不感冒！

你们忠实的读者：谭舒乔

2010年2月6日

森林里的路

吕尚知

读了《未来科学家》这本书，我得到了与众不同的启示："在森林里，不要走现成的路。只有一往无前，才会有重大的发现和意外的收获。"这也是一位年轻人第一次面对昆虫学时所听到的话。

正是这句话帮他打开了一扇鲜为人知的窗户。很多人都在研究美丽的蝴蝶，而他却偏偏选中了隐秘世界里的蚂蚁。

正是这句话为他点燃了冒险、探索的火炬，他穿越密林、攀登高山，在雨水、泥泞和血蛭纠缠下艰难跋涉。

在这句话的激励下，他从一个"用一只眼睛来看世界"的小男孩成长为大名鼎鼎的生物学家。他就是以研究蚂蚁而闻名于世的美国生物学家——威尔逊。

啊！威尔逊，我多想获得和您一样的智慧和高尚的情操；多想获得您那善于发现、敢于攀登的精神；多想获得您那专心致志、虚心请教的精神；多想获得您那自食其力、努力学习的精神……正是凭着这些精神，您最终成为了一名伟大的生物学家。和您相比，我多了一只明亮的眼睛，如果连基本的学习成绩都搞不好的话岂不是太惭愧了？所以从现在开始，我就要把您当作我的老师，用您的精神激励自己，时刻努力！相信有一天我会成功的！到那时，我会真诚地感谢您。因为是您让我得到了启示，造就了我的拼搏精神。我更会把您的精神继续发扬下去，让每个人从您的身上得到启迪，从而去坚持不懈地努力，最终成为国家的栋梁之才！

第八部分 心灵的『美丽花园』

明天的太阳是我们的

蒋广煜

你知道鳄鱼怎样哭泣吗？你知道为什么公鸡能啼鸣吗？你知道关于恐龙和飞碟的传说吗……哦，你摇头了，可我知道。我还知道飞碟并非来自火星，而是来自太阳系的第二个星球——金星；知道世上确有美人鱼；知道……哦！别奇怪，这可全是它教我的呀——《自然界奇闻怪事》，这是由苏联作家阿基穆什金所著，上至天文，下至地理，包罗万象，妙趣横生。

嘿，最初我是在同学手里拿来的，我还不屑一顾哩。可是，刚翻了几页，这本书便以那浅显生动的文字，引人入胜的奇闻怪事，紧紧地吸引住了我。于是多少个旭日东升，多少个含情夕阳，多少个星斗满天，我痴痴地徜徉在这片神奇的土地上。那一个个别致的问号，把课本外的又一片肥沃的知识领地呈现在我眼前，也勾起了我飞扬的思绪。

又是一个美丽的夜，灯下，我又踏上了这神奇的"旅途"。为什么？为什么？多少个"为什么"撩得我热血沸腾，我要把这么多的问号拉直，我要找到知识宝库的金钥匙，我要打开智慧的大门。我迫切而又细心地一字一句地读着。嗨！问号都在这里被拉直了！

记得有一次，我和同学们海阔天空地闲聊，大家的话转到"飞碟"上来。同学们搜肠刮肚地谈了几句，便说不多了，我却滔滔不绝地从1948年飞碟首次光顾地球，谈到美国蒙太尔上校的惨死原因。同学们听得津津有味，最后，很羡慕地说："你懂得真多！"还说："这世界真大啊！无奇不有。"我笑着把《自然界奇闻怪事》介绍给他们。

啊，新时代的少年，要知天文，识地理。回想以前，我也同我的同学一样。可现在，是这本书，是这本书中无穷的问号打开我心灵的窗户。明天的太阳是我们的，可是要捧出一轮光芒四射的太阳，你知道该怎么做吗？

一本书改变了我

裴 育

"在时间中流动生命的脉搏，在两代鸿沟中超越自我"，很多时候，我才发现我丢失了许多东西，譬如真诚、宽厚、仁爱、理解……

我可以说是一个懒家伙，以前作业从来不做完，总是拖到最后才迟迟拿起笔。早上，我总是趴在床上睡得昏头昏脑，常常迟到被老师批评，但是我不曾改过……

同学们都说我像"暴女"，我也不否认。每当有什么不顺心的事，我总会揪过一个男同学来撒撒气……

我就这样稀里糊涂地过了一天又一天，总觉得日子很单调、乏味。

一天，妈妈买来一本《成功者就是我》。我轻轻地捧起它，打开封面。顿时一股亲切的油墨香味吸引了我，迷住了我。

从前，山上有两块石头，三年后发生了截然不同的变化。一块石头成为了塑像，受到了人们的敬仰，而另一块石头却成了路边石。

这个故事深深地震撼了我、改变了我，它让我知道：以前的"暴女"是多么可怕，她在一步一步远离集体，远离友爱，远离亲人……

我开始不停地自责，悔恨以前的懒惰、无情。这时另一个故事再一次感动了我：一个学生老是想着已过去的事情。一天早晨，这个学生伸手打翻了课桌上的牛奶，同学们一惊，都以为老师要发脾气，老师却让同学们去看那瓶打碎的牛奶，说："希望你们记住，无论你怎么着急、报怨，都没有办法再挽回一滴了！"

这使我顿悟：学会忘记，学会珍惜现在，仍能得到成功，仍能使人生多姿多彩！而这些，正是足以支撑一个人快乐活下去的财富啊！

现在，我感激这本书，是它把我领上光明大道，是它改变了我的人生态度！我要从现在做起：珍惜亲情、友情，珍惜时间，做自己生活的主人！

绿叶衬红花

杨 健

从古到今，人们都喜爱莲花。农村中给女孩子取名字，总喜欢带上一个"莲"字，如：金莲、银莲、玉莲等等。在文坛上，那赞美莲花的篇章就更是举不胜举。

每当盛夏，清清的池塘便被撑起的绿伞挤满了。在这一柄柄绿伞之间，一朵朵莲花卓然开放。红的，像一盏盏宝灯；白的，像一只只玉碗。它们没有牡丹的浓艳，没有桃花的纷繁，却让你看不够，喜不尽。微风吹来，阵阵清香沁人心脾，枝枝花梗便轻轻摇曳，让人仿佛置身于仙境一般。

不过，使我真正懂得莲花的美，那还得归功于周敦颐的《爱莲说》。"予独爱莲之出淤泥而不染，濯清涟而不妖，中通外直，不蔓不枝，香远益清，亭亭净植，可远观而不可亵玩焉。"原来，人们之所以喜爱莲花，是因为莲花有着洁身自好的高贵品质。那以后，我每次走过莲塘，都要久久地凝视莲花。我想那池塘底部，一定沉淀着许多污垢，腐烂着许多枯萎的水草。莲花就是从这污泥世界中生长出来的，可它们没有半点污痕，亭亭玉立于清清涟漪之上，没有半点妖艳，没有半点雕饰，风姿天然，怪不得有人把莲花誉为花中君子。

在那满池的绿叶之间，莲花总显得那么显眼，那么特别。但我时常会想：如果没有那满池默默无闻的绿叶，它会怎样？会不会失去它昔日的光彩？会不会成为一枝赤脚莲花？

我不敢说我真正知道莲花为什么美，不过，我相信"红花"真的还需"绿叶"衬。

有雪的日子

徐金侣

雪，白色的雪，而白色又那么纯洁。大雪，如鹅毛；小雪，似细绒；飘落时的雪宛如洁白的羽毛在空中上下飞舞；铺满大地的雪，似白毛毯，一平如展……我爱雪！

就这样，我走进了雷抒雁的《与风擦肩而过》中的《雪情》之中……"地上，很快就一片白了，静静的，也是没有一点声息，那倒是使人有些不安。一曲欢乐的音乐终止了？一段梦一样的爱情破灭了……那刚才给你的神秘的欢快，瞬间又变得使你惆怅，使你寂寞。"

课间，我欢快地站在雪地里，感受着被雪掠过脸颊的滋味。那雪就像温柔的小手，轻轻地抚摸着我的脸庞。那说不出的舒畅呀，从我的心底油然而生。

谁说一曲欢乐的音乐终止了？谁说刚才给你的神秘的欢快，瞬间又变得使你惆怅，使你寂寞？不，这美妙正在欢快地继续着……

一下课，同学们早已按捺不住内心的激动与喜悦，像一只只撒欢的小鹿跑向这雪的世界。他们有的打雪仗，有的堆雪人，有的滚雪球，还有的正捧起一大捧雪，小心翼翼地品尝着那想象中的美味……

瞧！雪地里两个男同学正在痛快地打雪仗呢！他们全然不顾已经冻得通红的小手，一把抓起一团雪，使劲地捏呀捏，不一会儿，捏成了一个大大的雪球，然后抓着雪球在雪地里你追我赶，你掷我躲，那银铃般的笑声在这银白色的世界里传得很远很远……

再看那举着花伞的小女孩，她也早已抑制不住内心的那份喜悦，在雪地里小心翼翼地奔跑着、幸福地欢呼着，纵情地享受着冬爷爷带来的这份珍贵的礼物。笑容在兴奋而通红的小脸上已绽放成了一朵美丽的花。

……

雪啊，这洁白的雪，我爱你！

雪后这充满欢声笑语的世界啊，我更爱你！

分一点阳光给你的对手

刘 丹

近几天，我读了一篇名叫《把对手扶起来》的文章，读后感触颇深。

它主要讲了赵、王两个商人在付出很大的代价后，虽然是明争暗斗，但也取得很大的成就。突然有一天赵的企业负担过重，其业绩直线下降，这时候有人提醒王主动出击，彻底击败赵。但王没有那么做，而是一直帮助赵，多年以后，两人都成了名。读后，我被深深地感动了。初读文章时我也不太理解王的所为，但后来，我对王的做法也深表赞同！要是没有了对手，就会死气沉沉，养成惰性，最终导致庸碌无为！而王扶起对手的原因大概就是因为这个吧！他说，他的事业能够发展壮大到这种程度，应该感谢对手时时给他施加的压力。正是这些压力，化为他战胜困难的动力，进而在残酷的竞争中始终保持着一种危机感，有了危机感，才会有竞争力。有了对手，你便不得不奋发图强，不得不革故鼎新，不得不锐意进取，否则，就只有等着被吞并，被替代，被淘汰！

其实，在生活中，许多人都把对手视为心腹大患，是异己，是眼中钉，肉中刺，恨不得马上除去他。但只要你反过来仔细一想，便会发现拥有一个强劲的对手，反而是一种福分，一种造化。因为一个强劲的对手，会让你时刻有种危机四伏的感觉，它会激发你更加旺盛的精神和斗志！请分一点阳光给你的对手吧！千万别把他当成敌人，而应该把他当作是你的一剂强心针，一副推进器，一个加力挡，一条警策鞭。

击败一个对手有时很简单，但没有对手的竞争，却是乏味的！分一点阳光给你的对手不仅是一种胸襟，还是一种智慧啊！

我和小豆豆

董展宇

自从读了妈妈送给我的那本《窗边的小豆豆》以后，我就十分喜欢文中的小豆豆。她和我是同龄人，可读小学一年级没几天就被学校开除了，因为她淘气得太离谱了，在老师和同学眼里，她是一个"怪怪"的孩子。后来，在妈妈的陪同下，她来到了巴学园。第一天她就独自一人和小林校长没完没了地谈了四个小时。我太佩服她的口才了。最后，小林校长被她的天真可爱打动了并收留了她。就这样，在一般人眼里"怪怪"的小豆豆在小林校长的爱护和引导下逐渐变成了一个大家都能接受的孩子。

读了小豆豆我仿佛又回到了两年前的9月。开学第一天，妈妈拉着我的小手走进了鸣鹤小学。王老师笑眯眯地迎接我们，看着王老师满面笑容，我也不再胆怯了。接下来的小学生活充实又紧张。课堂上我们要坐得端端正正，认认真真听老师讲课。课后又要仔细完成老师布置的作业，那时觉得小学生活太枯燥了，为此我还流了不少眼泪。不过现在我已经读二年级了，我早已适应了小学生活，我相信在老师的爱护和引导下我也会像文中的小豆豆一样健健康康、快快乐乐地成长。

181

第八部分 心灵的『美丽花园』